亲子系列

亲子书房

主编　谭地洲　张书榕

编者　王　艳　陈　姝　朱　维
　　　耿　燕　郭江媚　李万平
　　　朱梦秋　张　丽

科学技术文献出版社

Scientific and Technical Documents Publishing House

北京

(京)新登字130号

内 容 简 介

很多父母都很注重从小培养孩子喜欢阅读的好习惯,给他讲故事啦,让他看图识字啦等等。但是,父母们也一直存在一些疑问:比如0~3岁的孩子究竟该看一些什么书呢?他的兴趣在哪里呢?怎样给孩子讲故事才能够吸引他呢?等等。特别是有一些孩子天生顽皮,教他认字吧,他会将书本撕烂乱扔,甚至当作"美食"咀嚼。面对父母们的疑问,本书提倡的观点也许令你吃惊:让孩子把书当玩具……

科学技术文献出版社是国家科学技术部系统惟一一家中央级综合性科技出版机构,我们所有的努力都是为了使您增长知识和才干。

前言

"给父母一把开启亲子共读的钥匙,让孩子形成受益终身的阅读能力"——这是本书的撰写目的。

"让孩子赢在起点,胜在终点!"这是一句商业广告语。但在信息时代和文明不断进步的时代,要想在激烈的竞争中赢取属于自己的一片天地,对于未来的大人、今天的孩子来说,没有较高的素质和较强的阅读能力,恐怕只能望洋兴叹。

走入学堂的孩子,其阅读技能基本上由老师给予引导。那么,对于低幼孩子呢?很显然,这个年龄段的阅读技能,只能靠父母给予引导了。孩子还小,各项知识都处于启蒙阶段,如何让孩子正确阅读呢?许多父母在迷茫中艰难前行,如

"我的孩子3岁了,我真的不知道该给他买些什么书?"这是最常见的问题;"我的儿子5岁半,他只喜欢奥特曼,我真不知道怎样引导他?"这是孩子制造的难题;"孩子总是对故事感兴趣,给他阅读其他内容,他就不感兴趣了,怎么回事?"

这是对孩子心理特点的不了解,使亲子共读陷入尴尬……

父母在亲子共读中的种种困惑和难题,不但能在本书中找到答案,而且还能找到具体的阅读操作模式,虽然模式不是万能的,但是具体的模式会给你以启发,从而创造适合自己孩子的阅读方法。这是本书追求的境界之一!

很多父母羡慕丁俊晖的一杆横扫全世界,羡慕超级女生的一夜成名,羡慕刘翔创造的神话……但是,如果没有发现他们有非凡潜在素质的父母、老师和教练,这一切恐怕只能是永远的梦想。本书追求的另外一个境界就是想通过父母与孩子的阅读和相处,观察孩子的潜质,从而抓住培养的最佳期,及早成就你们心中的梦想!

阅读完本书,拿起纸和笔,为孩子和自己制定一个科学而合理的阅读计划吧!

目 录

第二篇　如何为孩子选书

第三篇 与0岁孩子共读

第四篇 与1岁孩子共读

每个妈妈都知道,孩子读书是一件好事情,而妈妈与孩子一起读书重不重要呢?回答是肯定的。而且,当孩子很小的时候,妈妈就开始与宝宝一起畅游于书海,对宝宝日后的成长是大有益处的。然而,在与宝宝一起阅读的过程中,你可能会遇到很多头疼的事。

小宝宝并不是一开始就喜欢书的,有的孩子根本就不会理睬妈妈的阅读,只有妈妈的单边活动;有的不爱惜书,见书就当面包啃、就当泡泡糖嚼,或者当成出气的东西撕。这是妈妈们遇到的最常见的问题。

其实,小宝宝是最容易和书交上朋友的。只要有耐心和方法,奇迹就会出现。我们更不需担心宝宝会损坏书,我们甚至可以让孩子把书当成玩具任其自由摆弄。如果宝宝不容易入睡,或者睡不塌实,不妨将睡前阅读作为"催眠剂"将宝宝带入甜蜜的梦乡。所以,为了带着希望的梦想越飞越高,请现在就让你的宝宝与书牵手吧!

◆ 现在的孩子很孤独

◆ 让孩子把书当玩具

◆ 孩子在故事中入睡

【一】现在的孩子很孤独

孩子如果特别喜欢上网就会染上网瘾,令家长头疼;如果孩子特别喜欢看电视就会成为电视迷,也令家长担心不已。但如果孩子从小就和书交上了朋友,那却能让父母省心不少。

其实,小宝宝是能和书交上朋友的,特别是现在的独生子女家庭。与小宝宝的思想一致的恐怕只有充满童趣的婴幼儿读物了吧!小家伙最容易和自己有共同思想的人或物成为知己。

一次偶然的机会,我发现我家的宝贝对书本还有着"深厚的感情"。在收拾书桌的时候,我无意间把给他念过多遍的《奥特曼》的故事书放进了垃圾桶。小家伙看见了,急忙爬过来把书从垃圾桶中捡起。我非常惊讶,于是又假装将这本书往垃圾桶中放,他急了,"哇哇"大哭起来。我把书拿回来放在书桌上,小家伙却不哭了。他虽然不会用言语表达,但他一定是这样想的:陪伴了我那么久的伙伴,怎么能说扔就扔呢?

○ 孩子找不到"共同语言"

现在的孩子,在物质上可谓是"享福的一代",但比起上一代人,他们是否在精神世界方面缺少了点什么? 不知道父母们有没有觉察到——孩子"很孤独"。有人就会感到疑惑了：从孩子出生那天开始，父母就围着孩子转开了，有的家庭甚至有六个大人围着这个"小太阳"转，他们怎么会感到孤独呢？是啊，有这么多人的关心和照顾，他们还要怎么热闹才行呢？是不是孩子的要求太高了呢？

其实，并不是小宝宝的要求太高，而是他们确实是找不到有"共同语言"的人进行沟通。不知家长们有没有这样的经验：和一大群没有共同语言的人在一起，场面越热闹越觉得自己孤独。在小宝宝的心灵世界里，围绕在他周围的这些大人与他是没有共同语言的。因此，他们感到孤独。他们只与同龄人有着"共同的语言"，或者说，只有他们之间可以进行心与心的沟通。特别是现在的城市宝宝，他们住在高楼大厦里面，除了父母或其他大人把他带到外面玩耍之外，其余很多时间都不得不待在这个"大盒子"（房子）里面，有时候家里甚至只剩下照看他的保姆。如果一幢楼里住的是同一个单位的，大家在休息时间还可以串串门什么的。但如果一幢楼里住的不是同一个单位的，大家彼此陌生，有的邻居甚至都不互相往来，对小宝宝来说，他们就更不好玩了。其实，很小很小的婴儿都非常渴望有小伙伴与自己交流。

我的儿子还不到半岁的时候抱出去，无论看到多么花枝招展的大人，他都"视而不见"，甚至是经常抱他亲他的爷爷奶奶也是"熟视无睹"。但当他看见其他小宝宝的时候，他却显得十分兴奋。即使是见到那些十多岁的中学生，他也表现出很大的兴趣。很显然，他很希望与他"身份相符"的人"打交道"。

怎样才能排除宝宝心中的孤独感呢？有一个最好的办法——那就是尽可能早地让孩子喜欢上读书。

将宝宝与书本联系起来，很多年轻的父母可能有一些模糊的认识。你可能知道诸如训练宝宝读书可以让他早识字，对日后的学习有帮助，可以培养宝宝的写作能力，还可以培养宝宝的能说会道，可以培养小宝宝的智能等等。对，如果能认识到这些，你已经算很不错了！事实上也如此。

你知道吗

美国人口学专家认为，在开发儿童智力方面，中国的汉字比西方的拼音更有用。甚至连日本的石井勋博士也这样认为，日本幼儿五岁开始学习汉字，智商可达115；四岁开始学习汉字，智商可达125；三岁开始学习汉字，智商可达130。早期阅读"创造"的不仅仅是文学家！

也许有些父母会问：孩子喜欢和小伙伴在一起就让他们在一起吧，这有什么难的。可事实上是很难办到的，除非一个家庭本身就有几个宝宝。如果是这样，孩子的心灵孤独就不存在了。只有一个宝宝的家庭，有时候宝宝好不容易交上了一个好朋友，但有时候随着大人的工作安排，不是经常有条件让他们在一起的。有时候很想让宝宝去找他的小伙伴，又不知他的父母是怎么想的。把自家的小宝宝放在别人家里让他和他家的小宝宝一起玩吧，又怕影响他家大人的工作和休息。

还有，小宝宝喜欢把家里的东西乱扔，如果是几个孩子在一起就扔得更厉害。如果长期如此，有谁受得了呢？小家伙们只顾自己玩得高兴，他们却很少考虑到大人的感受。总之，这确实是一件很伤脑筋的事。

为什么书能消除宝宝的孤独呢？因为婴幼儿读物是根据幼儿的心理特点写的。越是优秀的儿童读物对婴幼儿的心理揣摩越深入。这些优秀的儿童读物可以伴随着宝宝的成长。有的优秀读物甚至可以影响孩子的一生。当小宝宝没有小伙伴的时候，他们就可以与书进行对话。这一点，是我在儿子两岁半的时候发现的：

那年国庆黄金周，远方的表姐把她家三岁的儿子贝贝带到我家来玩，那些天，两个小家伙玩得实在太高兴了。有时候，大人都受到感染而加入到他们之中。可是黄金周结束了，表姐要回去上班，贝贝也要回去上幼儿园了。在分别的时候，两个小家伙哭得连我们大人心里都感到很难受。但天底下没有不散的筵席。儿子和贝贝分开后，情绪很低落，我也想了很多办法来调整他的情绪。贝贝回去的第二天，我对儿子说："来，宝宝，妈妈陪你看书。"在书上，他又见到了他熟悉的兔宝宝、熊宝宝、猪小弟……看到兔宝宝的可爱、熊宝宝的顽皮、猪小弟的能干，儿子抬起头来对我说："妈妈，我已经想好了，贝贝哥和我玩，贝贝哥就是我的好朋友。贝贝走了，书宝宝就是我的好朋友。"听了儿子这么成熟的语调，我的鼻子酸酸的，我知道他是在安慰自己。但同时也说明了在他幼小的心灵深处，他对书的信任和依赖。

○ 让孩子不再"默默无闻"

你可能时常听到这样的话：我们家宝宝天生性格内向，我们家宝宝天生爱说话，我们家宝宝就是胆小，我们家宝宝真太任性了……诸如很多孩子性格上的小毛病。由于遗传等因素的影响，任何一个孩子都不可能是完美的，所以父母们千万不要抱怨。再说，小宝宝的有些不太好的性格会随着年龄的增长而改变的。但有些不太好的性格就不一定会改变。父母总是希望自己的小宝宝在各个方面都趋于完美。有什么简单又实用的方法可以弥补宝宝与生俱来的性格缺陷呢？

"亲子共读"就是一个很值得一试的好方法！

同事家的孩子性格特别内向，在外面很少说话，即使跟小伙伴在一起也没有什么话说。他爸爸说孩子在家里面也经常是"默默无闻"。别人家有小孩显得很热闹，但他们家却不一样，只是偶尔听到孩子把东西弄响，除此之外，就跟没有小孩在家一样。为此，父母很着急，用了很多办法想让他开口说

话,但效果都不是很好。带他到医院检查,医生却说一切正常。有一天,这位同事看见我的儿子"叽叽喳喳"说个不停。他问我是怎样训练的,我给了他一个建议:和宝宝一起读书。父母读给宝宝听,然后给宝宝提问题,问题开始要简单,一定要引导宝宝回答。哪怕宝宝只说了一个字,父母都要给他以鼓励,每天训练20分钟。试一个月,然后看效果怎么样。

一个月之后,奇迹出现了,这位"金口难开"的小宝宝终于有话可说了。看着他与其他小宝宝一起"畅所欲言"。同事感慨地说:"没想到读书对改变小孩子那么有效,早知道就不会走那么多的弯路了。"

其实,读书对人的性格的改变,早在16世纪英国杰出的哲学家和文学家弗兰西斯·培根在他的《论学习》中就提到过。他认为,人心智上的缺陷都可以通过读书来改变。

如果你认为宝宝在性格的某些方面有不如人意的地方,不妨试一下用"亲子共读"的办法。说不定,你和你的宝宝会获得意外的惊喜!

○ 什么时候开始读书

从什么时候开始同孩子一起阅读最好呢?这个问题甚至在学术界都没有统一的答案。大多数专家认为是越早越好。究竟早到什么时候呢?是出生后的半岁,是八个月,还是一岁?你是不是感觉很难把握?我国著名的词作家乔羽在四岁就能认识汉字三千,他的童年是在"神童"的赞誉声中度过的。其实,我国现代有很多伟人、名人、大师、泰斗都是

在很早就开始识字阅读的,下面的表格列出了部分名人开始阅读的年龄:

这个表格能说明什么呢? 从中至少让我们知道:

身 份	姓 名	开始阅读年龄	身 份	姓 名	开始阅读年龄
文学家	郭沫若	4 岁	作家	冰心	4 岁
画家	齐白石	4 岁	物理学家	杨振宁	4 岁
语言学家	王 力	4 岁	社会活动家	胡厥文	4 岁
革命家	瞿秋白	4 岁	汉语言学家	赵元任	4 岁
围棋大师	吴清源	4 岁	文学家	邓拓	4 岁
军事家	贺 龙	4 岁	化学家	侯德榜	4 岁
史学家	顾颉刚	4 岁	物理学家	王应睐	4 岁
脑外科学家	黄家驷	4 岁	地质学家	卢衍豪	4 岁
计算机专家	周兴铭	4 岁	计算机专家	孙钟秀	4 岁
化学家	曹楚南	4 岁	军事家	陈毅	5 岁
政治家	邓小平	5 岁	政治家	周恩来	5 岁
实业家	陈嘉庚	5 岁	军事家	刘伯承	5 岁
诗人	艾青	5 岁	教育家	蔡元培	5 岁
科学家	卢嘉锡	5 岁	两弹元勋	邓稼先	5 岁
教育家	陶行知	5 岁	革命家	陈独秀	5 岁
物理学家	林同骥	5 岁	化学家	黎东民	5 岁
病毒学家	毛江森	5 岁	医学家	吴阶平	5 岁
热物理学家	史绍熙	5 岁	电子学家	朱物华	5 岁
固体理学家	张 维	5 岁	化学家	钱钟韩	5 岁

◆ 早期读书对培养各类人才都适合

无论是长大了想当政治家还是科学家,无论是想在自然科学方面

还是在人文科学方面有所建树，都应该重视孩子的早期教育，特别是培养小孩子的阅读能力。并非如人们想像，长大了想做文学家才该在很小的时候重视阅读。"中国早教之父"冯德全教授已经提出了《三岁缔造一生》的理念，强调的就是孩子早期教育的重要性。相信做父母的一定不愿意让孩子的童年在"碌碌无为"中度过，都希望自己孩子的童年既快乐又能在童年中养成受益一生的好习惯、好方法。所以，想让自己的宝贝将来成为一个成功的人，就应该重视早期阅读。

◆ 早期阅读行为开始于婴儿期

得出婴儿期就开始阅读的结论，是根据这些有着辉煌成就的名人都是在四五岁就能进行独立、大量的阅读了。因为他们既不是天才，也不是生下来就识字的。而事实上也是如此，被认为是"中国早教之星"的刘俊杰出生时就启蒙，4 岁识字近 3000 个，会四则运算，8 岁就上了高中，15 岁就考入清华大学研究生院，18 岁就考入美国斯坦福大学，成为著名物理学家、诺贝尔奖获得者朱棣文教授的博士。

因此，宝宝读书的行为应该开始于宝宝出生，甚至应该更早。当然，对宝宝更早的教育那就是胎教了，胎教不是本书要讨论的范围。我们这里谈到的宝宝阅读是从新生儿开始的。你可能会提出质疑，孩子这么小，怎么能读书呢？给他读什么呢？事实上，我们提出这么早就开始让宝宝读书是以婴幼儿的发展心理学理论为根据的，当然，也结合了很多妈妈的宝贵经验而提出来的。很早的婴儿阅读是要讲究方法的，而不同年龄段的宝宝阅读的读物是哪些呢？请一并参照后面相关内容。

床前明月光
疑是地上霜

【二】让孩子把书当玩具

　　儿子10个月大的时候，我给他买了一套《小手撕不破》的圆角丛书。

　　有一天，我在厨房做饭，他独自在客厅里玩。后来我听见他"咯咯"地笑，我非常奇怪，客厅里只有他一个人，是谁在逗他发笑呢？我出来一看才发现他正在和书一起逗乐呢。他把这套丛书全拿出来了，然后一本一本地往外扔，一本本的小书翻着筋斗滚向阳台、沙发处，小宝宝乐得前仰后合，嘻嘻哈哈笑个不停。

　　看到小家伙如此开心，那些小书滚得如此"快乐"，我心中刚刚升起来的火气消散了。我被眼前的气氛感染了，也加入到他的"扔书游戏"。孩子更加来劲了，玩了一会儿，我对他说："书宝宝玩累了，他们也该休息了，咱们把书捡回盒子里吧。"我把小书一本一本地朝盒子里放，儿子也学我的样子帮忙收拾。

　　后来，他时常这样扔书，我也陪着他一起扔，完了后帮着收拾好。同时，他对这套书也产生了浓厚的兴趣，有别的孩子来家里他也会翻出他的"宝贝"，给别人哇哇介绍，邻居笑着说："你家宝宝太用功了！"当然，他从此也就爱上了书。

○ 玩具的重要作用

很多家长认为：小孩子没事干，又没有同伴在一起做游戏，就买些玩具让他玩吧，以免宝宝到处去动那些他不该动的东西。事实上，对玩具的其他作用，很少有人去做过深入的思考。儿童教育学家经过研究发现，宝宝在玩玩具的时候精力充沛、想像力丰富。所以父母千万别小看宝宝玩玩具的重要作用。

◆给宝宝带来心理的愉悦

在小宝宝的眼里，万物皆有生命，万物皆有灵性。宝宝在玩玩具的时候，一方面，玩具可以按照宝宝的意愿进行各种不同的"配合"，宝宝与玩具的这种互动使其心中产生一种满足感而感到愉悦；另一方面，宝宝可以让玩具在手中变换各种不同的形式使其产生成就感。所以有时我们会发现宝宝在玩玩具的时候会发出"咯咯"的爽朗笑声，这就充分体现了玩具给宝宝带来的心理的愉快享受。

◆锻炼宝宝解决问题的能力

宝宝在玩玩具的过程中，总是不停地使玩具按照自己的意愿进行改变。从表面上看，宝宝玩玩具是很随意的。但是，通过研究发现，宝宝的大脑在玩的过程中也在不停地活动，他们在不停地想办法怎样完成自己"既定的目标"。所以，在看似毫无意义的玩耍中，其实，宝宝是在不停地解决一个又一个问题。因此，在有的课堂上一些看起来很难的问题，平时爱玩的小朋友往往能够很好解决，问其原因，回答总是说："不知道，小时候玩过。"

◆锻炼宝宝团结协作的能力

小宝宝最容易通过玩具为纽带而成为好朋友。有时候，几个小朋友在一起开始彼此都有陌生感,但如果这时候有玩具,他们之间的陌生感会马上消失而融在一起。虽然也会为争夺玩具而发生吵闹,但如果有人调节,不久,他们自然又会和好而一起玩耍,特别是那种需要几个小朋友一起才能玩的玩具,对提高宝宝的团结协作能力是大有益处的。

◆有利于开发宝宝的创造性和领导技能

在玩耍的过程中,宝宝会不断发展出一些新的、有创意的玩耍方式,因为玩具有多种新奇的玩法,宝宝也就会因此而不断的探索和尝试,这对宝宝的创造力的开发有不可低估的价值。另外,在玩耍的过程中,宝宝要将玩具按自己的愿望进行驾驭,无形之中也开发了宝宝的领导技能。

可以说,玩具以一种独特的方式帮助孩子成长为成熟、自信和富有想像力的大人。

○ 书也可以当玩具

对年幼的小宝宝来说,我们应该将书的概念扩大化。书除了有承载文化知识和教化人的功能外,还应该是宝宝的玩具之一。考察这种特殊玩具的功能也就有其必要性。

既然书有了玩具的作用,父母给宝宝买书的目的也是为了宝宝各种能力的提升。那么宝宝将书当玩具也能达到此目的的话,我们对宝宝玩书、撕书等行为还会感到大为恼火吗?

其实，每个小宝宝喜欢上读书之前都是将书当成玩具的。小孩子对事物的认识，首先是发现他好玩，然后才会对其产生兴趣。很少有人会对曾经给自己留下痛苦印象的东西产生兴趣。书作为宝宝的特殊玩具，有如下一些特殊的玩具功效：

◆ 撕书对宝宝肢体和视觉的作用

宝宝撕书的动作可以训练其两手的协调性，宝宝在三四个月的时候就爱撕东西，特别爱撕书、纸片之类的东西。这个时期的宝宝，妈妈应该找一些旧书、旧挂历纸等让宝宝撕。另外宝宝撕书发出的声响可以刺激宝宝的听觉，他也会很自然地将撕的动作与撕书发出的声音结合起来。撕书或撕一些纸片的时候，纸上的画面会发生变化，这些刺激，都会让宝宝觉得撕书是一种有趣的游戏，能激起宝宝多种感官的兴奋性。所以，在宝宝1岁以内，宝宝撕书与看书都是一种学习。

◆ 扔书对宝宝自我意识的培养

大多数宝宝都喜欢扔东西，手上的书也不例外，只要他高兴的时候，他都会将书往外扔。有时，妈妈感到宝宝又不爱惜书，这样扔书会将书损坏的，所以看到宝宝扔书心中很不是滋味。其实，扔书除了能锻炼宝宝手臂的力量外，还能培养宝宝的自我意识，宝宝会感到因为自己的这个动作，就会使这个东西向远处翻滚，从而认识到自己的"威力"，感受到自己的存在和自己的力量。这也是宝宝自我意识的最初表现。自我意识是人的意识的一种表现，而自我意识的发展可以促进宝宝独立性的发展。所以，父母一定要以"牺牲"几本书的代价来保护宝宝这种可贵的自我意识。

◆ 宝宝可以开发对书的其他玩法

每个宝宝都是发明家，只要让他们尝试，他们还会将书这一玩具的功效发挥得更好，如可以将多本书堆砌成不同的形状。只要妈妈能正确引导，宝宝一定会将书玩得更好；也会因此而对书产生兴趣进而爱上书,与书交上朋友。

将书当玩具,妈妈要注意的是:

◆ 要给宝宝选择适当的玩具书

宝宝撕的书一定是没有收藏价值的书,妈妈应该将有收藏价值的书妥善保管,不要将什么书都拿给宝宝撕。给宝宝扔的书,最好选用《小手撕不破》的圆角书,这种书的好处:一是不易扔破;二是可以翻滚,宝宝容易向外扔。

◆ 在宝宝玩书的同时,妈妈要对宝宝进行爱书教育

宝宝在撕书的时候,妈妈应该给宝宝反复不停地讲:这种书或这种纸是没用的,宝宝就可以撕了,但这种书是有用的,宝宝以后还要读的,所以这种书宝宝是不能撕的,宝宝看妈妈给你放在书架上,到时候妈妈拿下来跟宝宝一起读。虽然他当时肯定不会听懂,也就更不知道你为什么要这样做,但是只要你肯坚持,宝宝会逐渐明白你的良苦用心的,也会逐渐养成爱惜书的好习惯。宝宝扔完了书之后,应要求宝宝与妈妈一起将书捡起来放到固定的地方,这是好习惯养成的开始,妈妈千万别错过这个机会。

你 知 道 吗

事实上,人们通常所说的阅读,指的是成人看书的一种行为习惯,而这种阅读习惯需要经过长期不断的练习才能养成。其实宝宝天生是喜爱书本的,书对宝宝而言就是一个玩具,在经由咬、翻、甩、搬等各种对书的探索行动中,宝宝开始了他的阅读之旅。宝宝翻书、玩书(最终多演变成为撕书)等活动,是对阅读的一种准备行为。

○ 与宝宝一起玩书

专家指出,宝宝在玩玩具的时候,最好有人陪着。如果条件允许,父母最好陪宝宝一起玩耍,因为父母是宝宝的第一玩伴,也是宝宝最好的玩伴。父母的作用不仅仅是给宝宝选择好的玩具。很多研究都证明:那些极具创造力的孩子,在玩的时候都有大人的参与。所以,既然宝宝将书当玩具,那么他们在玩这些特殊玩具的时候也同样需要大人的参与。绝不能让宝宝一个人在那里"自得其乐"。因为这对宝宝的心理发育和智力发育都不好。而且,大人在与宝宝玩耍的同时要为宝宝营造一个安全而和谐的玩耍环境。在玩耍的过程中,大人们要学着参与小宝宝的玩耍。在与宝宝玩书的过程中,下面几点需要父母注意:

◆ 以"悦"为主

玩的中心目的就是要使所有参与玩耍的人享受快乐,特别是要让宝宝体会到满足的快乐以及成功的快乐。所以在这个过程中,大人们大可不必将自己的主观愿望强加给宝宝,更不应该过多地干涉宝宝的玩法。如宝宝玩撕纸,你可以在宝宝面前表演各种各样的撕法,但不要强迫宝宝按照你的方法去做。

◆ 注意观察

在陪宝宝玩耍的同时,父母要仔细观察孩子的举动,确定这个阶段的孩子最喜欢哪种玩的方式,还要对比这个阶段与前些时候玩的方式有没有变化,根据具体情况给宝宝找相关的旧书或旧报纸。注意观察的另外一个目的是发掘宝宝内在的东西,这一点,宝宝在玩其他玩具的时候也是父母应该去做的。

◆ 在玩中学习

父母与宝宝在玩耍的同时,实际上也是一种学习。玩耍除了前面讨论到的锻炼宝宝的各种能力之外,语言能力也会得到发展。宝宝在玩耍的过程中总要与父母交流的,宝宝开始可能只会与父母"嘀咕"细语;但随着宝宝年龄的增长,就会与父母有越来越多的交流,语言也会随之越来越丰富,交流的范围也会越来越广,有时甚至就会拿起手中的书,对书上的内容进行讨论,这样宝宝不就自然而然的与书亲近了吗?

你知道吗

父母与宝宝一起玩耍对宝宝情感因素的培养也有很重要的意义。研究证明,富有积极性的玩耍,可以发展宝宝健康的情感因素,如宝宝在玩的过程中体会到的成功感、成就感等。与父母一起分享玩的经验,是宝宝在其童年时期与父母保持密切关系的纽带。

【三】孩子在故事中入睡

　　小小是爸爸妈妈的心肝宝贝,她的到来给家中增添了无穷的乐趣,就连小小睡觉也是那么的"乖",她安静地躺在小床上,旁边是妈妈在给她阅读《格林童话》呢!妈妈的声音柔和而缓慢,只见小小的眼睛望着妈妈的方向,一会儿就慢慢地闭上了,妈妈的声音也越来越小了,两个故事念完了,小小也进入了甜甜的梦乡,看着小小熟睡的可爱样子,妈妈的脸上露出了满意的微笑……

　　有一位妈妈也曾这样分享她的经验:她从宝宝满月之后就开始在宝宝睡觉前用柔和的音乐伴随童谣和儿歌哄宝宝入睡。几个月之后,宝宝就习惯了这种方式,只要是伴随妈妈的阅读声入睡的,宝宝都会睡得很好。并且,在宝宝哭闹的时候,只要听到音乐和妈妈的朗读声,宝宝马上就会停止哭闹而安静下来。

　　当然,睡前给宝宝阅读除了让宝宝甜蜜入睡以外,还有很多的好处。妈妈们不妨在自己的宝宝身上也尝试一下,也许,你还会从中获得很多意想不到的收获!

○ 睡前阅读,美梦的前奏

　　世界上最美好的东西都存在于人的想像之中,而在婴幼儿的思维中,想像力处于中心地位。宝宝在婴儿时期,还受现实世界的束缚,怎样让婴儿早日摆脱现实世界的束缚而进入精神世界里自由想像呢？而又怎样保护和开发幼儿已有的想像力呢？其中有效的方法之一就是用童谣、儿歌以及故事伴随宝宝的成长。而睡前的阅读，会让宝宝的梦想从这里飞翔。

◆开启和丰富宝宝的想像力

想像有两种，一种是再造想像，另一种是创造性想像。再造想像，是根据某一事物的图样、图解成语言描述而在头脑中产生关于这一事物的新形象，主要的表现形式是复述、替代。创造性想像是创造力发展的特点，而创造性想像，是在再造想像的基础上，对信息进行重新组合、再加工。在大脑中形成新的形象。一般说来，3岁的宝宝只要是再造想像，而到了4岁则向创造性想像转化。而阅读为什么能丰富开启和丰富宝宝的想像力呢？

细心的父母就会发现，那些好的故事和图画书本身就有很大的空白可供宝宝从不同角度自由想像。如果在宝宝睡前讲一些与梦、睡眠和晚安有关的故事，不但能引导宝宝安静入睡，还会使宝宝积累很多形象，而这些形象就是宝宝进行想像基础。在宝宝睡觉前，那些优秀的儿歌也可以开启宝宝想像的大门。所以，在宝宝睡觉前与其用单调的哄的办法让宝宝入睡，倒不如将睡前的内容也变成丰富而有趣的阅读活动。

◆赶走对"黑"的恐惧

多数宝宝都怕黑，有的宝宝一说到黑屋子、黑夜，就会产生恐惧感。所以很多宝宝在晚上睡觉总是很难，总是要大人陪，并且在入睡后很容易做噩梦。有的宝宝在半夜突然醒来大哭，这其中除了疾病的因

素外,多数情况都是因为宝宝带着恐惧入睡的,而睡后做了噩梦引起的。

睡前给宝宝念念儿歌,讲一讲书本上的故事、白天发生的故事或者父母小时候成长的故事,这样不但可以分散宝宝的注意力,不再把注意力集中在"黑"这个令宝宝害怕的意象上;而且还可以帮助宝宝释放情绪,调整好自己的心情。带着平静的心情入睡,不但能让宝宝少做噩梦,还可能促使宝宝做一个甜甜的美梦。所以,尽管是在黑暗的夜晚,只要你付出了爱,宝宝心中就会产生光明而远离恐惧。

◆ 促进宝宝心理的健康发展

在宝宝每天进入梦乡之前,父母与宝宝在一起共享阅读的美好时光,对宝宝来说,不但能学到很多的知识,提高理解力,还会促进宝宝心理的健康发展。晚上,爸爸或妈妈在柔和的灯光下,伴随着优美的轻音乐,用和缓的语调讲述着宝宝勉强能理解的美好故事,诵读着节奏明快的儿歌或情趣横生的童谣,宝宝会感到心理和精神上的满足,从而产生安全感。

○ 让睡前阅读更有效

要达到睡前阅读的较好效果,父母还要做到以下几点:

◆ 安排宝宝在固定的时间上床

要想宝宝能在听故事中甜甜入睡,关键是每天要在固定的时间安排宝宝上床。在固定的时间,固定的地点——宝宝的小床旁,给宝宝讲故事,诵读儿歌或童谣。这样一方面可以让宝宝养成良好的作息习惯,另一方面也有利于宝宝和你同时培养起一份好心情,准备进入一天中最美好的一段"亲子时光"。

◆阅读内容要合理

睡前阅读的两个目的:一是促进宝宝获得知识,二是达到甜蜜入睡的效果。所以在内容上要加以选择:

A.可以选择有关父母成长的故事

每个人都有这样的经验,每当讲述自己的过去的时候,总会陶醉其中。你讲得入神,宝宝也会听得入神。有你的牵引,宝宝的思绪会随之漂向远处,慢慢地就进入了梦乡。另外,讲述自己的成长故事,让宝宝慢慢地了解你的成长足迹,增进了宝宝对父母的了解,这样等宝宝长大以后,不易形成父母与子女之间的代沟。

B.儿歌和童谣

儿歌和童谣是宝宝最喜欢的,因为宝宝即使不能理解其中的含义也会琅琅上口。伴随着轻柔的音乐,宝宝会陶醉其中,慢慢地他就会在你的爱和美妙的音乐中甜甜入睡。

C.宝宝经历过的日常生活中的故事

宝宝睡前的阅读,其实应该将阅读的概念扩大化,内容也不要选得太严肃。只要能专心听讲从而达到心情的平静就可以了。所以,将宝宝曾经历过的日常生活中的故事让其重现也是很好的方法。这些故事一方面宝宝较熟悉,他很容易静下心来专心听;另一方面经常再现宝宝曾经历过的事,会促进宝宝不断回忆事情的经过,还有利于增强宝宝的记忆力。

D.简短、富有诗歌韵味的小故事

那些简短、富有韵味的小故事,不但在宝宝睡前讲对其入睡特别有效,而且也最受宝宝的欢迎。这样的故事既简单又没有复杂的故事情节,甚至没有什么大的意义,但这类故事适宜反复讲,讲故事的方式也可以自由创造,如可以像唱歌一样缓缓地唱。这类故事对帮助2岁前的宝宝建立良好的睡眠习惯,有很重要的积极作用。

E.不要选择需要宝宝动脑、兴奋的故事

大一点的宝宝需要父母给他们讲些有情节的故事。但是宝宝睡前

的故事就不能选择那些有复杂情节、充满离奇的故事。因为宝宝听了这些故事后容易兴奋，反而影响宝宝的睡眠，所以那些历险、幻想和恐怖的故事都不是睡前应该选择的内容。睡前的故事内容一定要健康、充满童趣，能营造一个温馨的氛围，有利于宝宝入睡。

◆ 全身心投入

很多年轻的父母很难将睡前给宝宝的阅读坚持下去，很重要的一个原因就是太在意宝宝的反应。如果看到宝宝的注意力好像没有在这里，这时很多父母就感到自己的努力白费了，达不到什么效果，因此自然也就没有了坚持下来的信念。

其实，宝宝的注意力时间是很短的，用大人的标准来要求宝宝是不合理的，也是违背人的心理发展规律的。有的家长总担心自己的讲法或者自己的阅读是否标准等等，所以不能将自己的注意力完全集中到自己讲的或读的内容上。适当地对宝宝进行观察是必要的，但是过多的注意就会分散自己的注意力，不能全神贯注地做该做的事。

你 知 道 吗

其实，宝宝的理解力和接受能力往往超乎我们的想像，看似他毫不在意，但可能他的思绪已经随着你阅读的内容在翱翔。父母要做的就是心无杂念，全身心地投入到你要阅读或讲的内容之中。只要能坚持下来，宝宝的进步会令你欣慰的。

第一篇 陪孩子一起读书

　　宝宝依偎在妈妈的怀中，妈妈抱着宝宝，双手捧着书本，用轻柔的声音为宝宝讲述书上的内容。宝宝也不时打断妈妈的讲话，对着书本指指点点，嘴里还发出"咿咿呀呀"的声音。妈妈也因此停下来，与宝宝一起"交流"，还不时做着一些小宝宝喜欢的动作，小宝宝不时地发出开心的笑声。——这是一幅美妙的、充满爱意的母子共读图。

　　有一位中学生，与父母的关系曾经一度相当紧张，后来一个偶然的机会，爸爸陪他一起读了一本书，而且就书中的内容交换了一些看法，从此以后，他们找到了交流的途径。然后父母就与他一起读一些书，之后作些讨论。逐渐的，这位学生与父母的关系也变得融洽多了。后来这位学生说："我发现老爸、老妈与我还是有共同语言的。"

　　我想，那些长大后很难与父母沟通的孩子，如果父母在他们很小的时候就培养与自己一起读书的共同爱好。长大后的孩子一定会与父母成为朋友的。这就是共读培养出来的深深的亲子情！

　　◆ 亲子共读，亲情纽带

　　◆ 亲子共读，重在互动

　　◆ 亲子共读，快乐为本

◆ 亲子共读的误区

【一】亲子共读，亲情纽带

函函是个可爱的小乖乖。她两岁那天，一大家子人给她过生日。姑姑问她："爸爸妈妈，你最喜欢谁呀？"

小家伙不假思索地说："妈妈！"

"为什么呢？"姑姑很好奇。

"妈妈和我一起读书！"

原来，爸爸因为工作的关系，很少有时间陪函函一起阅读，更别谈讲故事给她听了。这个回答可让函函的爸爸"吃醋"了，后来爸爸也学妈妈，有时间除了带函函出去玩之外，也不忘了和函函一起读读书，还会编些故事给她听。这可把小家伙乐坏了。

每位父母都对自己的宝宝爱入骨髓，但在有限的时间里，怎样才能将我们心中深深的爱传达给宝宝呢？我们又怎样来影响宝宝的成长呢？有一位妈妈曾这样写道：我亲爱的孩子，妈妈不可能每时每刻都陪伴着你，但是，妈妈深爱着你。和你在一起，我愿意用书来传递我对你的爱。妈妈将期望也通过我们的共读传达给你，我相信你会慢慢明白妈妈的心。

我们不是诗人，但为人父母的我们，都希望培养出优秀的宝宝，更希望这个优秀的宝宝与我们永远相亲相爱。

○ 健康发展亲子关系

父母与子女的亲情关系是一种非常特殊的情感关系,所以人们赋予它一个专门的名称"亲子关系"。而亲子关系就是专指父母与子女的关系,包括父亲和子女的关系、母亲和子女的关系。亲子关系是人们形成的第一个人际关系,这种关系对人的影响很大。

◆ 亲子关系的特点

与其他关系比较,亲子关系有着较强的不可替代性,不能用朋友关系、师生关系、同学关系以及夫妻关系来代替。特别是母子之间的亲子关系,从母亲受孕之时就已开始。母亲的十月怀胎,包括婴儿出生3个月的这段时间,心理学上称为"生理共生期"。在这个时期,妈妈把胎儿的欲望要求完全看做是自己的欲望要求去满足他。对妈妈来说,这就是养育宝宝的基本主题,而这个主题将贯彻以后的整个育儿过程。从这个意义上讲,亲子关系也是不能用其他任何关系替代的。因此,从宝宝落入妈妈体内的时刻起,父母都要为建设好这种不可替代的关系而努力。

亲子关系成立的条件是只要双方一存在,这种关系就会存在,无论双方的心理感受如何,这种关系始终是存在的,而且是没有办法改变的。这种持久性也是亲子关系最突出的一大特点。从这个角度讲,如果将这一重要的关系维持得较好,这种亲情,可以是人类永恒的美好情感。在宝宝生理和心理机能还没完全成熟之前,这种美好情感的培养主要责任在于父母。

亲子关系还具有典型的强迫性,这一特点主要是指父母与子女之间都无法自主选择对方。这种关系在人们没有出生之前就已经确立,而且这种关系一旦确立下来就永远无法改变。任何一个人都没有办法选择自己的宝宝,包括他的长相、身体特征、心理特征等。相应的,宝宝

也不能选择自己的父母,包括父母的身体特征、社会地位、心理特征等。既然是这样,做父母的就应该首先从思想上接受小宝宝,无论他是我们所期待的那样也好,还是与我们的期待有一定的差距也罢,我们都要从内心深处接受他。调整好父母的心态,把深深的爱心注入给娇弱的宝宝,将父母心中满意的宝宝培养成让你更满意的宝宝,将不太让父母满意的宝宝朝着父母满意的方向培养。

另外,亲子关系具有明显的平等性,父母这一方永远处于主导地位。亲子关系的出现对父母的影响相对较小,一般来说,父母对这种关系的出现是有准备、有计划的。另外,父母对这种关系的身体和心理机能都相对成熟,有着相对丰富的社会经验。但是,对宝宝而言,这个关系是被动的,是最初的,这种关系的质量、特点和程度对宝宝日后的个性、情感和人际关系的发展都有着非常重要的影响。既然父母起着主导作用,这种关系的质量和发展程度就绝大部分取决于父母,父母如果用正确的方法和用足够的爱心来经营这种关系,宝宝无论是心理的成长还是身体的成长都会朝着良性方向发展。

◆ 不同阶段的亲子关系

亲子关系会随着宝宝年龄变化而表现出不同的特点。婴儿时期的亲子关系与小学时期的亲子关系有很大的区别;小学时期的亲子关系与中学和大学时期的亲子关系也是不相同的。年龄阶段决定了亲子关系的特点。心理学家研究发现,宝宝从出生到青春期要经历5个关键的转折时期,父母可以根据不同的时期各自表现的特点对宝宝进行相应的教育。

● 新生儿时期(0～1个月)

这一时期宝宝的脑功能发育正常,对宝宝以后的心理健康有很大的影响,这个时期宝宝面临的问题是要从身体上和心理上突然适应外界环境的巨大变化。宝宝这时期对爱的渴求是可想而知的,他们主要通过两个方面从母亲那儿得到爱的满足:一是吸吮母亲的乳汁;二是要求母亲的抚摸。

1 岁左右：这个时期要求父母对宝宝进行注意力、语言表达和动作协调能力的训练。如爬行、识字阅读、滑梯、接排球、跳绳等。这些训练可以持续到 3 岁，识字阅读可持续到学龄前甚至初中。

3 岁左右：3 岁宝宝最明显的变化就是表现出强烈的独立愿望，希望什么事情都自己做。如喜欢自己吃饭，尽管可能弄得满地都是，也许根本就没吃到多少，但他们自我感觉良好。这个时期，父母不要去压制、改变宝宝的独立意识，而要因势利导，训练和培养宝宝的独立操作能力和独立思考能力，有意识地锻炼宝宝的胆量与勇气以及适应外界的能力。

6 岁左右：这个时期孩子的明显变化是社会角色发生了改变。他们将从幼儿园步入小学，开始真正的学习生活，随之而来孩子就会感到些许压力，如每天的作业等。

● **青春期（女孩 12 岁左右，男孩 14 岁左右）**

心理学家把青春期称为"第二断乳期"。进入青春期的少男少女们，在心理上开始摆脱对家长的依赖，即使父母有时说的话很在理，但他们却时常产生逆反心理。这个时期的孩子，在思想、情绪、行为、自我意识、处世态度等方面明显不同于儿童期，但又不如大人那样成熟。这个时期的孩子最反对的就是那种居高临下的"家长式的教育"。所以对处于青春期的孩子来说，父母应该坐下来与孩子平等相处，不要说教。

○ 亲子共读，父母也受益

共读是增加亲子关系最有效的方式，特别是在孩子低龄阶段更为重要。

在与孩子共读过程中，很多人过分强调受益者就是宝宝，这对宝宝来说是不公平的。人们不是将与妻子儿女在一起享受的这种快乐

叫做"天伦之乐"吗？很多父母总是抱怨孩子不听话，总是过分强调养育的艰辛，但他们很少在养育的过程中，享受到养育所带来的快乐。其实，从另外的角度来思考，与宝宝一起享受成长，这本身就会给平凡的人生增添无穷的乐趣。特别是在与宝宝一起阅读的过程中，如果你真正全身心的投入，就会发现这其中除了让宝宝受益不少之外，你也会在其中得到很大快乐。

◆ 宝宝对事物的接受能力，会令你惊叹

很多父母都小看自己的孩子，事实上即使是那些对宝宝要求较苛刻的父母，有时候宝宝的反应也会让他们发出"这小家伙真不简单"的感叹。传统的观念认为说话前的宝宝除了能吃、能睡、能哭以外就什么也不懂了，什么也不会了。如果再谈对宝宝的教育，那就是天方夜谭了，就更不要谈识字读书了。多数人认为，宝宝在 1 岁以后才能学习走路、学习说话；3 岁以后才能学习唱歌、跳舞、做游戏等。

其实，所谓"无意识"，是不知不觉的、没有思维和语言参加的活动。宝宝在婴儿期的无意识心理虽不能为自己所察觉，但它有惊人的探究力、记忆力、模仿力，能适应巨大的"适应性学习"，来适应环境，求得生存和发展。宝宝能在短短的两三年里完成很多重大的学习任务，包括在不知不觉中学会多种语言。也许你认为这种说法有点言过其实，但是绝大多数"小不点"能在一两年内把一种口语学得惟妙惟肖，却是不争的事实。经研究发现，如果语言环境好，他们还能同时习得数种口语。

有一位母亲曾经感叹道：我家宝宝真了不起，几十种动物，我们只教了他几遍，他都能一个不差地将他们说出来。是的，如果人世间真有神童的话，那么婴幼儿个个都是"神童"。所以前苏联教育家丘科夫斯

基就说,"的确,孩子才是世间无与伦比的脑力劳动者"。

只要你用心去体会,用心去感受,你的宝宝表现出了天才的素质,难道你不为之高兴和激动吗?这种快乐是任何快乐都无法代替的。这就是养育孩子带来的精神享受。

◆没有遗憾的人生才是快乐的人生

宝宝的大脑犹如一块空地,等待着大人们去开发。开发得当,对宝宝以后的发展就会带来良好的影响,反之,就可能留给你以及孩子无限的遗憾。被称为"中国当代早教之父"的冯德全曾说过:"你可以有童年的遗憾,但你不能给孩子遗憾的童年;你可以不是天才,但你能够成为天才的父母!"是的,我们大多数人之所以没能干一番惊天动地的事业,一方面是因为社会的进步离不开做"小事"的人,另一方面是因为我们没有做大事的能力。为什么呢?梅尼斯特说:"所有的孩子生来都是天才,但绝大多数孩子在他生命的最初几年里,天资被磨灭了。"所以很多父母经常发出如此的感叹:我们的孩子在小时候可不是这样,为什么长大了就变成这样了呢?这究竟是谁的责任,谁来为孩子天资的衰退买单?也许我们不能将责任完全归咎到我们家长身上。我们应该将责任归咎于我们传统的思想观念。

将宝宝培养成我们理想中的孩子,有太多的事需要父母去做,需要花费父母很多的心血。其中,婴孩时期的亲子共读是开启宝宝智慧大门的钥匙,也是将宝宝培养成健康人的有效方法之一。如果将来有一天你长大的孩子对你说:"爸爸妈妈,我谢谢你们"的时候,你不认为你是幸福的吗?这就是养育带来的回报和快乐。因为我们没有给孩子留下遗憾的童年,当然我们就没有遗憾的老年了,没有遗憾的人生是快乐的!

◆宝宝的进步,你的成就

刚生下来的宝宝,确实什么都不懂,但是随着你精心的照料,他逐渐学会了很多事情,也懂得了很多,相信你会有一种说不出的成就感。

有一个农村的孩子,1岁的时候还没有去过动物园。有一天,有一个人牵着一只猴子从村子里经过,爷爷正抱着宝宝在院子里玩,宝宝一看见猴子就异常兴奋地指着猴子,嘴里发出"猴子,猴子"的声音,在场的人都很奇怪,"这孩子什么时候见过猴子啊,他怎么知道那是猴子呢?"宝宝的妈妈也非常激动,她说:"这是他爸爸在外地打工,回来的时候给宝宝买了几本关于动物的书,我没事的时候就教他,没想到他能将书上的东西搬下来。"爷爷奶奶也眯着眼睛笑开了,感叹着说:"还是要读书啊!"宝宝的妈妈就别提有多高兴了。谁说辛勤的养育不是伴随着快乐的?这种快乐,对于父母来说,恐怕比自己取得某种成绩还要满足得多。

你 知 道 吗

宝宝的成长给你带来了无穷的乐趣,反过来,做父母的是不是该感激我们的宝宝呢?感谢宝宝给我们平淡的生活增添的种种快乐。同时我也相信,这种亲子感情会随着感激而升华的。

○ 将爱注入共读的过程中

将爱注入亲子共读的过程中是非常重要的,因为小宝宝没有成人那么理性,他们对事物的认识完全是跟着感觉走的。在活动的过程中,他体会到了父母的爱,那么,他心里就会产生一种满足感,从而增加了他对这种活动的认同感。慢慢地他就会喜欢上这种活动的。

父母也许认为这是很容易办到的,但真的要每天都做到一心一意、心无杂念地与宝宝一起阅读半个小时到一个小时,那可就说不定了。因为每个人都有喜怒哀乐的时候,本来我们都是很爱自己的孩子的,但有时候因为自己多方面的原因,很可能就没有把这种爱表现出来。但小宝宝是不理解我们的。纵然我们都高喊着"理解万岁"的口号,小宝宝们是不会去响应这一套的。那怎么办呢?很简单,在我们状态不好的时候不与宝宝进行阅读的活动,或暂时停止阅读活动一天。

在与儿子的一次阅读中,我因为工作上的事而心情低落,但与儿子的阅读时间到了。我只好拿起书本和他一起阅读,但奇怪的事情发生了:阅读活动刚进行了几分钟,他就挣脱我的怀抱,玩他的小狗熊去了,不理我了。我知道在阅读中我没有把对宝宝的爱和激情注入进去,而只是为了完成一个任务而已。从此,我在情绪不好的时候就不阅读而换成带他到外面去玩。

因此,父母们可要注意这一点,一次心不在焉不会有问题出现,但如果经常这样,宝宝对书就会望而生畏。而且会影响宝宝以后的社会交往,更重要的还会影响亲子关系的良性发展。

【二】亲子共读，重在互动

"哈哈，我是老虎，我吃你！"儿子张大小嘴，手叉着腰，摆出一副威风凛凛的样子。"你敢吃我，我可是这里的大王！"我也神气十足地说道。"哈哈，就凭你，还是大王！"（看他鄙夷的样子，还真有百兽之王的感觉）

"你不信，我们就比试吧！"……

这是我与儿子在表演《老虎和青蛙》，儿子扮演老虎，我扮演青蛙，儿子表演完之后的话语让我欣慰无比：

"妈妈，你好聪明！其实我不想做笨老虎，我也想聪明！"我从来都没有给他讲过这是一个聪明的青蛙用智慧战胜了外表强大的老虎的故事，他和我在一起的阅读中，在表演中，自己领悟到了这一点，这是我没有料到的。

请记住：亲子共读在于共同参与，特别是孩子的参与，他会在参与中顿悟道理，感悟很多……

○ 请你"返老还童"

在与宝宝的阅读过程中，父母要调整自己的身份，说得形象一点就是父母要变成演员，要忘记自己的真实身份。与宝宝一起阅读的时候，你就是小宝宝，或者是与宝宝年龄相仿的小朋友。你们有很多可以交流的话题。甚至可以将宝宝当成你学习的榜样。

◆ 根据宝宝的实际心理选择读物

现代父母都很重视对孩子的教育,有的父母恨不得将知识变成巧克力喂给宝宝。天底下望子成龙、望女成凤的父母太多了。很多父母在孩子上中学以后,只要孩子有 1% 的希望取得好成绩,做父母的就会付出 100% 的努力,我们常常为这样的父母所感动,但在感动的同时,我们的心情又十分的沉重。因为这些父母竟忘记了"冰冻三尺,非一日之寒"的简单道理。很多父母在子女的教育上,很盲目,没有遵循孩子成长的规律。所以有的父母虽然付出了很多心血,但对孩子的教育却没有达到预期的效果。当我们的孩子还处在婴幼儿时期的时候,父母要特别注意这个问题。

在给宝宝选择读物的时候,父母要对婴幼儿的心理有所了解,然后结合自己宝宝的实际情况,给宝宝选择适合他这个时期阅读的读物。你需要暂时忘掉你是工程师的身份,你也要忘掉你是化学教授的身份……你这个时候就是与宝宝相差不大的孩子。他这个时期喜欢动物类的,也只能接受这些简单的东西,你却给他买的是关于宇宙飞船的读物,这就难以找到与宝宝共同的话题。

◆ 根据故事的情节变换自己的角色

宝宝的读物大多是根据婴幼儿的心理特点编写的。很多读物的内容都会有宝宝熟知的动物,而且在这些读物中,动物都是有思想的,而且会导演很多有趣的故事。这都是根据小宝宝的思维特征安排的,在宝宝的精神世界里,想像占了主导地位。即使在宝宝的思维中,也有许多想像的成分。心理学研究发现,宝宝的"万物有灵"的思维和"万物有情"的思维是宝宝想像思维特征中的两个表现。所以在宝宝的读物中,猫猫会讲话、鸭子会侦探、小草会伤心、乌云会生气等。

在与宝宝阅读的过程中,父母要随时调整角色,要将自己融入其中。如在与宝宝一起分享《老狼请客》这个故事的时候,你可能一会儿是老狼,一会儿是狐狸,而一会儿又是黑熊。多数时候,你还要学会表

演,故事的主人公伤心的时候,你要有伤心的表情,故事的主人公高兴的时候,你也要跟着笑。

只有父母具有了童心,小宝宝才会从内心深处接受你,进而才能找到与宝宝心灵相通的桥梁。最重要的是,只有这样才能将亲子共读变成享受阅读。

◆ 站在宝宝的角度理解问题

父母要考虑到宝宝的兴趣和他的接受能力。初为父母的年轻人很不适应这种思考方式,不要着急,与宝宝生活在一起,不久就会习惯的。宝宝的兴趣爱好与成人有很大的不同,而且每个宝宝的兴趣爱好还不一样,这就需要妈妈仔细观察,找到自己的宝宝兴趣爱好所在。小宝宝由于大脑还没有发育完全,所以,他们的理解能力远不及成人。而且,有时候对有些事物的理解很奇怪。因此,在亲子共读活动中,妈妈时刻要提醒自己:我是和小宝宝一起阅读。

例如,有一位妈妈和小宝宝读到《善良的大熊》的故事的时候,开始小宝宝只沉浸在故事情节之中,根本不去管什么教育意义。妈妈把隐含在故事中的意义不知道重复了多少次。但小宝宝总是在不断地追问"小房子怎么啦?大熊救了小房子吗?""小猪呢?小猪怕打针吗?打针疼吗?"等等与他生活经验有关的问题,而且,不知问了多少次这些"无关紧要"的问题。但对妈妈讲的什么教育意义根本不感兴趣,也没有记住。这位妈妈无奈地说:"不知我家宝宝怎么啦?为什么他总是记不住我的话。"其实,这位妈妈的苦恼就在于她没有换个角度来思考。

当然,站在宝宝的角度理解问题的前提是妈妈要有足够的耐心。如果没有足够的耐心就总认为宝宝是不是有什么智力或理解上的问题。连这么简单的道理都弄不懂,进而产生我家宝宝不如别人的宝宝的想法。妈妈们可千万别这么想。因为这种想法对宝宝的成长是极其有害的。所以,父母了解一点儿童心理学知识也是很有必要的。

◆记住,你不是传播知识的使者

在亲子共读中,父母是阅读的参与者,不是传播知识的使者。所以,对宝宝在一些问题上所犯的错误,你用不着大惊小怪,更用不着急于纠正。当然,这里的错误是指一些常识性的错误。因为宝宝在婴幼儿时期以形象思维为主,并向逻辑思维过渡。宝宝的感性思维决定了宝宝对事物的认识是从自我出发的,因为他们缺乏生活常识和生活经验,在理解和表达与妈妈共读的材料内容时往往跟成人的思维是大不一样的,甚至是相反的。

例如,妈妈在给宝宝讲《种鱼》的故事时,很多小宝宝都认为鱼确实是可以种的。有一次,我和儿子在菜市场买鱼,我让卖鱼的师傅把鱼给杀了拿回家就可直接煮,但儿子不同意,他非要把活鱼拿回家。他说:"我要把鱼拿回去种在楼前的花园里,等它长很大很大!"它的话让周围的人大笑起来。我当时没有纠正他这一常识性的错误。而是给他讲我们今天很忙,家里等着我们这条鱼吃。爸爸和爷爷奶奶他们在家里饿得受不了。"你的小肚肚饿了是不是很难受呢?"我问他,他想了一下,说:"好吧,那妈妈以后可要记得给我买活鱼哦!"问题就这样解决了。我们是不是在欺骗宝宝呢?不是的,因为这种常识性错误完全可以随着年龄的增长而得以纠正。父母可以让宝宝保持那种美好的想像,而暂时忽略宝宝所犯的常识性错误。

你知道吗

对宝宝"异想天开"的言行,父母还应该给予保护。因为宝宝的思维是自由的。他们对事物的认识不会受环境的影响,全凭自己的感知和情感去看待事物之间的联系。在宝宝的眼中,任何东西都是有生命

和有感情的,而且没有办不到的事情。实际上,宝宝的这种
"思考和想像"就是创造性思维的火花。父母一定要好好地保
护这种火花,这将对宝宝的未来大有好处!

○ 共读是对等的享受

亲子共读,不是父母的单边活动,如果父母在实际操作中,不小心
将这种活动弄成了只有大人的表演,而没有宝宝的参与,或者是只有
小宝宝在那里拿着书"刻苦研读",这种阅读就不是亲子共读了。所以
在亲子共读过程中,强调的是亲子双方的共同参与。有人曾说:共读的
精髓在于共享生命的历程,父母在共读中引导宝宝展开创造性的思
维,并帮助宝宝勇于自我表达,大人也应该在与宝宝的阅读中分享自
己的情感与梦想。对父母和孩子来说,共读就应该是对等的享受,不是
单边的付出与接受。

◆宝宝的参与

很多父母也许会问,大一些的孩子在阅读过程中可以通过提问等
方式让其参与,而连话都不会说的宝宝怎么参与呢? 这的确是个问题,
小宝宝什么都不懂,与他如何交流? 其实,心理学研究证明,即使是刚
出生不久的新生儿,都会慢慢以不同的表情、手和脚的运动来表现自
己。妈妈为能作出相应的反应,会努力去读懂新生儿的每个表情和动
作的意思。母子之间,了解对方的意图,并能根据这个意图去行动,在
这个过程中,妈妈和娇嫩的小宝宝之间相互主体性,已不是单纯的本
能需要(生理需要)了,而是心与心的交流。虽然小宝宝不会说话,但
是,母子之间能通过动作和表情等达到一种相互的理解和心灵的融
合。这是 0 岁宝宝能够参与阅读的理论依据。

有人会问 0 岁宝宝怎样参与到亲子共读中来呢? 这里举一个新生

宝宝的例子。

　　新生宝宝在睡醒的时候,就可以让他"阅读",新生宝宝的阅读读物就是挂图,宝宝最爱看的是模拟妈妈脸的黑白挂图。将几幅挂图放在宝宝的右侧离宝宝的眼睛大约 20 厘米处,让宝宝看,父母要做的是记下宝宝对图的观察时间。宝宝有记忆力,到第三天注视的时间就将减少,注视的时间减少就说明宝宝已经记住这幅图像。所以第四天就可以换第二幅爸爸的图像。宝宝满月后就可以换上彩色图片了。父母还可以用自己的脸引起宝宝的注视,爸爸或妈妈把脸一会儿移向左,一会儿移向右,宝宝就会用眼睛追随着脸的方向,有时连头也转过去看。这可能要算做最早的亲子共读了(胎教除外)。在这个活动中,很显然就有宝宝的参与。

随着宝宝年龄的增长,宝宝的参与意识就会更强。参与的方式也会丰富多样。到一定的时候,就会将阅读、思维和沟通作为共读的三大支点,就是由阅读带动思维的运转,思维的火花借助沟通传达出来,沟通又会启发双方的思维,而新思维又会启动更新的思维,还会激起双方的阅读意愿。因此,最后达到的理想境界就是亲子共读在阅读、思维和沟通中运转,而父母与宝宝的心也在共读中紧紧地编织在一起。

◆大人的参与

父母参与亲子共读也是很重要的,需要几个条件:一是父母要有一定的时间;二是父母至少要能认识汉字;三是父母要有足够的耐心和爱心;四是要求父母掌握一些亲子共读的方法,了解一些亲子共读的知识。只要具备了这些条件,父母参与亲子共读就是可行的。

父母的参与是主动的,而不是被动的,虽然我们强调在亲子共读中,父母不是传播知识的使者,但是由于父母有较丰富的社会经验和理性的思维,所以你就应该成为引领宝宝叩开智慧大门的引路人。所

以,大人的参与重在引导,结合自己的生活经验和对宝宝的观察来引导宝宝。如你在与宝宝学习"日"这个字并给他解释"日"就是太阳的时候,恐怕小宝宝就开始要去拿玩具玩了,因为不形象。如果你将这个字变成象形文字写出来,他就会有兴趣了,而且还要自己试着画,还可以鼓励他描绘这个是太阳的笑脸。

◆共同参与

亲子共读中,共同参与是核心。也许你会问,前面谈到了双方的参与,不就是共同参与了吗?但这里需要强调的是要将两者结合起来。在亲子共读中,有的父母注意了双方的参与,但基本上是你玩你的,我读我的,彼此之间没有进行交流,也就谈不上心灵的沟通了。如在和宝宝一起分享《老鼠整容》的故事的时候,也许小宝宝不停地要求看画面,而故事又较长,这时候,父母只有满足宝宝的要求,停下来一起与宝宝欣赏图画,也可就图画进行讨论,故事没讲完,怎么办? 等宝宝把画看够了再说，他很可能就画提问,问题的答案就是故事的全部。这是很理想的效果。父母千万别干涉他的要求,而只顾自己将故事念完，然后来一句:"好了,今天就这样,玩去吧。"这样的亲子共读是没有效果的,而且你的某些行为还会对宝宝的心理发展产生不良的影响。

【三】亲子共读,快乐为本

"妈妈,这是黄色的橘子,是吗?"

"是啊,宝宝真聪明,不但知道这是橘子,还知道这是黄色的橘子,看来妈妈要奖励你一个五角星。嗯,宝宝是最棒的!"

"妈妈,这是一只漂亮的蝴蝶!"

"对呀对呀,你真了不起,不但认得这是蝴蝶,还会说这是漂亮的蝴蝶,妈妈要为你鼓掌(鼓掌很简单,但对孩子来说,这会给他带来快乐和满足)。妈妈还要奖励你一个红色的五角星!"

"妈妈,我想看书!你和我一起看吧!"

"好啊,现在你真的不一样了,长大了,喜欢看书了,进步很大呀,妈妈很高兴你有看书的兴趣!妈妈还要给你一个大的红色的五角星哟!"

……

一路走来,宝宝的阅读得到了妈妈的鼓励和赞扬,宝宝得到了满足,感觉阅读是一件很愉快的事情,进而对阅读产生了兴趣。

妈妈鼓掌不需要付出太大的代价,画一个五角星也不需要费很大的工夫。但是,阅读给孩子带来的快乐和养成阅读的兴趣是无价的!

○ 孩子对快乐的需要

人从生下来的时候起,最喜欢体验的一种情感就是快乐。婴儿如此,成人更如此。所以,世间人们用得最多的一句祝福语就是"祝你永远快乐"。"永远快乐"是人们的善良愿望,因为快乐这种情感的产生是需要有条件的,一旦产生快乐的条件不存在,人是快乐不起来的。这里,我们要谈论的是小宝宝的快乐情感体验。

从心理学的角度讲,快乐,是人类最早体验到的基本情绪之一。对0~3岁的小宝宝来说,快乐有着巨大的意义,快乐的笑容是最有效的和最普遍的社会性刺激。小宝宝的快乐,不仅来自于生理需要的满足,还来自于宝宝的"成就感"。宝宝能感受到的快乐,不是通过成人的教育学会的,也不是通过模仿他人学会的。宝宝是从游戏中感受到的,从自己的活动及其活动成果中体验到真正的快乐,从这种愉快中得到的是对人、对社会的信赖,得到的是对人的宽容和忍耐的力量,以及应付环境的能力。

宝宝的快乐来自于自己的活动及其活动的成果。因此,父母在亲子共读的活动中要注意以下几点:

◆选择宝宝力所能及的阅读内容

阅读的内容很重要,对宝宝来说,太难的内容,他不能理解,自然也就不会对所读的内容感兴趣。缺乏进一步对内容了解的欲望,怎么能让宝宝从阅读的活动中得到产生快乐的"成就感"呢? 只有那些能让宝宝不太费劲就能接受的内容,宝宝才会乐于接触,在接触的过程中才会有成就感,进而产生快乐的情感体验。关于怎样选择宝宝力所能及的读物,将在后面有关章节详细讨论。

◆ 及时的鼓励和表扬

及时的鼓励和表扬是对宝宝进步的肯定，会让宝宝感觉自己在活动中的表现是成功的。因为阅读的进步，宝宝有时是不大清楚的。如他说出了"快乐星期天"中的"快乐"二字，可能小宝宝认为这是很自然的，但是他还是要得到大人的肯定后才能真正确定自己就是正确的进而产生成就感。鼓励和表扬不但能使宝宝产生愉悦的感受，还会使宝宝对所做活动产生持续的兴趣。实例将在后面的有关章节讨论。

◆ 尽量在阅读中穿插游戏

小宝宝的有意注意和有意记忆较差，抽象思维也较差，情绪极不稳定，而且小宝宝天生爱动。所以，这些因素都决定了年龄较小的亲子共读必须要与游戏结合，特别是与生活联系紧密的游戏是小宝宝最感兴趣的，也是小宝宝最有效的学习方式。更重要的是，小宝宝在游戏中更能获得快乐的情感体验。

其实，与生活联系紧密的游戏无处不在，如让宝宝看到"小鸟"的"鸟"字的时候，妈妈可以引导宝宝看室外的小鸟是怎么飞的，小宝宝也可张开双臂学习鸟儿飞翔的动作，即使0岁以内的小宝宝妈妈也可将其手臂展开学习小鸟飞行。小宝宝做的动作即使不是很优美，父母也要鼓励他，甚至表扬他，让宝宝在游戏中获得"成就感"而产生快乐的情绪。在无意中这样学习，肯定比一遍又一遍教小宝宝认这个字学得快、掌握得牢。所以，有人说，对学龄前宝宝来说，最好的教育方法就是"教在有心，学在无意"的"自然教育法"。在学习知识的同时，也促进了宝宝心理的健康发展。

对宝宝的快乐情感分析的作用是运用正确的理论来指导亲子共读的有效进行。亲子共读不是一件小事，对父母来说，要花费时间、精力和金钱；而对宝宝来说，正确的亲子共读将使其受益终身，不正确的亲子共读将会对宝宝的成长带来负面影响。严重的会使宝宝还没入学就产生厌学情绪。所以，亲子共读在正确的理论指导下进行是必要的。

○ 在快乐中阅读

由于人的心理都有趋利避害的特点，所以，要想宝宝能够喜欢与父母一起阅读而最终爱上阅读或者学习，就要强调"悦"读。"悦"不单单是强调学习本身要给宝宝带来"成就感"，还要强调在快乐的氛围中进行阅读这项活动。父母要特别注意给宝宝创造一个安静、舒适和温馨的阅读环境。要给宝宝创造良好的阅读环境，需注意以下几个方面：

◆ 选择适宜阅读的地点

阅读地点的选择，首先要考虑的是光线。读书要求光线强度适中，也就是说光线不能太强，也不能太暗，小宝宝的眼睛正处于发育期，所以在给他安排读书地点的时候，要考虑白天尽量利用自然光，要选择采光条件较好的地方。专家指出，上午10点钟的自然光是最适合阅读的;晚上要利用灯光进行阅读,要求灯光的光线自然柔和。

其次,宝宝要有一个固定的读书空间。这样才能让宝宝有归属感,知道书在哪里,而且随手都可拿到自己要读的读物。父母可以这样给宝宝安排:

- 卧室里可放温馨的、操作性强的玩具书。
- 客厅可放美观适用的套书。
- 浴室可放塑料玩具书,可让宝宝在洗头、洗澡的时候,一边玩一边洗。事实上很多小宝宝都不喜欢洗头,给宝宝洗头也是最让妈妈头疼的事,所以,不妨用玩具书来分散小宝宝的注意力。

放书的书架要以适合宝宝的身高和目光所及为准。读书空间的布置根据宝宝不同的年龄应该有不同的布置方法,0岁宝宝的阅读空间可以由父母做主布置,对于大一点的宝宝,读书空间的布置,要让宝宝充分参与,父母要给宝宝足够的自由,让他对自己的空间布置随意变化。

第三,要注意环境的安全。在宝宝整个生活和学习中,安全都是父母必须注意的首要问题。因为在亲子共读中,有父母的陪伴,相信你们会很好地保护宝宝,但是,这里还是要提醒父母注意:

- 在宝宝阅读的空间里不要放危险品,如杀虫剂、汽油等。
- 在宝宝阅读的地方不要放开水。如果宝宝要喝水,应该用一个带吸管的杯子倒入与人体温度接近的水。
- 要注意电源和插座。不用的插座最好拔掉或用东西将其覆盖,而且要盖牢,要保证小宝宝的力量不能将其打开,要用的插座要将其置于小宝宝不能碰到的地方。同时,要在阅读和平时的生活中加强对宝宝的安全教育。
- 家具要坚固稳定,特别是书架,不能做得太高,太高了,宝宝自己去取书存在潜在的危险。

总之，父母在给宝宝布置阅读环境的时候要充分考虑到"安全第一"的原则。

第四，读书环境需要安静。读书的地方，安静也是需要考虑的一个重要因素，因为宝宝的注意力最容易被分散。如果宝宝阅读的环境太嘈杂，宝宝不但不会专心于自己所干的事，而且还会影响宝宝和大人的情绪。所以，如果选择在客厅阅读，最好在宝宝阅读的时间里关掉电视，大家都保持安静，也可以选择其他人都去干自己的事的时候与宝宝一起阅读。读书时机的选择要靠宝宝与父母共同把握。

适宜阅读的环境是宝宝在快乐中阅读很重要的条件，不但如此，也是保证宝宝健康成长的重要条件，父母应该重视。

◆大人需要有好心情

每个人都有喜怒哀乐的情绪存在，只要是人，都不能每时每刻都有好心情。况且，现代社会是一个充满竞争的社会，每个人的头上都顶着不同程度的压力，特别是有了宝宝的这一代人，他们不但要承受来自社会的压力，还要承受来自家庭的负担，因为他们上有父母需要顾及，下有孩子需要呵护。如果要求父母每天都带着愉悦的心情同宝宝一起阅读，这种要求未免太苛刻了，也是很不现实的。但宝宝是不懂这些的，他们要的是父母的好心情，要的是父母足够的耐心，怎么办呢？

如果感觉心情实在是很糟糕，一下子实在调整不好，而又到了与宝宝一起阅读的时间，你不要勉强去应付了事，应该将时间暂时调整一下。虽然原则上要求将亲子共读的时间相对固定，但是在特殊情况下是可以暂时改变的。况且，对小宝宝来说，学习的机会应该是无处不在。父母要尽量避免将自己的不良情绪带给宝宝，这样一方面会影响亲子共读的效果；另一方面也会影响亲子之间的感情。除此之外，如果看到小宝宝"捣乱"或者"不听话"，还会加重大人的情绪负担。所以，很多妈妈都有这样的感受，自己心情不好的时候，小宝宝也特别烦躁。因此，在你心情特别不好的时候，可以暂时让宝宝自己玩，或者请别人带着小宝宝一起玩耍。

也许，家中已经固定了一个人与宝宝共读，但是，如果长期与宝宝共读的爸爸或者是妈妈心情不好，也可以暂时由其他人替代，替代的时候给宝宝讲清楚原因，诸如"妈妈（爸爸）感觉不舒服，今天宝宝就和爸爸（妈妈）一起读书了"。一般来讲，父母中的任何人与宝宝一起阅读，宝宝都是不会受太大影响的。如果父母不能与宝宝一起阅读，那就可以让爷爷或奶奶与宝宝一起阅读。对于 3 岁以下的宝宝来说，换人不要过于频繁，保持相对稳定就可以了。

你 知 道 吗

父母心情不好的时候，如果与宝宝阅读感到很压抑自己的情绪或者害怕这种坏情绪感染宝宝，也不愿意放弃与宝宝一起共度的时光，此时，你也可以选择另外一种既能让自己的心情放松，又能让宝宝从中受益的活动或玩耍的方式。例如与宝宝一起听听音乐，与宝宝一起到户外锻炼锻炼，或者与宝宝一起欣赏一段动画片等都是不错的选择。这样做一方面可以帮助你调整自己的心情，另一方面宝宝也能从这些活动中感受到浓浓的爱意。

◆ **亲子共读，还要注意宝宝的情绪**

在快乐中进行阅读，父母还要时刻注意小宝宝的情绪。下列情形不适宜与宝宝一起阅读：

• **正专心于某一件事的时候**

如果小宝宝正在专心做一件事，这个时候最好不要马上要宝宝停下来而去阅读。因为这样宝宝会在阅读中还想着其他的事情。最好的办法是因势利导，就宝宝玩的有关内容进行引导。如宝宝在玩积木，要

搭建房子,妈妈可以拿着写有"房子"的书指给宝宝说:"这就是你搭建的房子的字,宝宝,看看'房子'。"并顺便给宝宝在白纸上写上"房子"两个字将其贴在宝宝搭建的积木房子上。这样宝宝在玩的过程中就会慢慢地将"房子"记住。这样的学习是自然的也是愉快的,而且还会产生较好的效果。

● 宝宝对阅读毫无兴趣,甚至很烦躁的时候

这个时候,父母要注意宝宝是不是身体不舒服,要给宝宝查查体温,对大一点的宝宝,可以问问他是怎么回事。如果不是身体的原因,父母就要想是不是宝宝不愿意接受这种阅读的方式。在这个时候,可以换一种阅读的方式,看看宝宝会不会产生兴趣。如果都不见效,那就暂时停止阅读。因为人的情绪会随着天气、环境等的变化而变化,可能小宝宝就是因为这些因素给他带来了不良的情绪。

● 宝宝很疲倦的时候

宝宝疲倦的时候,总是很烦躁的,又没有充沛的精力,小宝宝在这时很难集中注意力,所以,也很难在读书的活动中体会到"成就感",当然更不会在阅读的过程中体会到快乐。因此,在孩子疲倦的时候,不要强迫他与你一起阅读,而是给孩子放上优美的音乐,妈妈在旁边轻柔地讲一个故事、读一段散文或者唱一首儿歌……让他慢慢地进入甜蜜的梦乡。

你知道吗

宝宝喜欢变着花样玩。最让小宝宝感到索然无味的就是单调而又重复的活动。所以,要想让宝宝在快乐中阅读,不但要求父母不断地变化阅读的方式、穿插不同的游戏,还要求父母控制好阅读的时间。在此,需要父母观察宝宝在阅读活动中的表现,如果宝宝感到烦躁不安的时候就应该停下来与宝宝一起做其他的事情。

○ 让孩子的兴趣更持久

一切动机都来源于需要。人人都需要快乐,如果阅读能给人带来精神上的满足,那么,人就有阅读的动机。心理学研究表明,学生的学习兴趣是经过学习活动体验到成功的欢乐而逐渐形成的。因此,小宝宝如果在亲子共读中总是获得"成就感"进而产生快乐的情感体验,就会对阅读产生持久的兴趣。

宝宝长大一点后,如果没有特别的其他兴趣,就极容易对不该产生兴趣的事物产生浓厚的兴趣。如现在最令中学生家长头疼的就是电子游戏。有的孩子因为在其他方面很少或没有太多的成功体验,所以对很多事物无法产生兴趣,但是在网上,他们很容易体验成功:闯过任何一关,都可以得到"回报"。因此,网络游戏就是按照人的需要心理设计的。这种成功虽然是虚拟的,但至少能使人的心理暂时得到安慰。这里,我们没有必要对网络游戏本身进行评判。只要不对网络游戏痴迷,在休息时间适当打打游戏也是一种不错的娱乐方式。重要的是从小培养宝宝一种终身受益的兴趣。阅读兴趣的养成就会让宝宝受益终身,因为阅读有助于人们自身的和谐发展,通过阅读,人们还可以了解自己、认识他人和世界。

对孩子来说,他们没有任何社会经验,心灵犹如一张白纸,等着父母与他一起去描绘,所以,孩子是最有可塑性的。塑造得当,他就会走向成才;塑造不当,就会给他日后的发展造

成严重的负面影响。这个阶段,要让宝宝对良好的事物产生成就感,兴趣就很重要了。但要对良好事物产生持久的兴趣,并不是一朝一夕能办到的,需要不断地使宝宝从这些事物中获取快乐的情感体验。所以,要求父母要有足够的耐心和爱心。

【四】亲子共读的误区

　　幼儿不喜欢单一的活动,更讨厌别人强迫他做他不愿意做的事情。

　　刚满 4 岁的齐齐活泼可爱,妈妈很注重对齐齐的教育,家里面有很多幼儿读物,识字读物最多。

　　"来,齐齐,今天我们又开始认字啦,我们今天认识哥、姐、弟、妹……"

　　"跟我读'哥','哥哥'的'哥',记住了吗?"

　　妈妈在很卖力地教着,但是齐齐却没有多大的兴趣,看着齐齐的表现,妈妈很懊恼。更重要的是齐齐也不是很快乐。

　　"我喜欢这个哥哥!"齐齐指着插图说。

　　而妈妈的想法就是让齐齐多认识字,认了汉字认英语单词。妈妈非常羡慕有的小孩子很小就能认识很多的汉字,并且能自己阅读,所以就只好先教孩子认字了。

　　妈妈的愿望是很好的,但走入误区的亲子共读,不但不会带来好的阅读效果,而且还会给孩子带来伤害!

○ 阅读就是"看"书

　　亲子共读其实是对宝宝实施早期教育诸多内容中的一部分。我们

所说的亲子共读，大都谈论的是 0～6 岁孩子的阅读，当然有的亲子共读也有进行到 12 岁的。本书重点讨论 0～6 岁的亲子共读，所以，这里所说的亲子共读是真正意义上的早期阅读。很多父母对早期阅读的概念理解过于狭窄，尤其是看到自己精心为宝宝选择的书被宝宝又撕又咬，而且到处乱扔，心里总不是滋味。这个在前面曾专门谈到过，相信父母再不会因为宝宝的这些举动而难过。

很多教育学家和心理学家经过长期研究后认为，人们对于小宝宝的阅读普遍存在误解，因此对宝宝的早期阅读就采取了不当的措施，由于这些不当的措施，往往使宝宝错过了很多教育良机，这在很大程度上延迟甚至阻碍了宝宝阅读能力的获得和发展。经常有父母这样问："这么小的宝宝能看书吗？他们能看些什么书呢？"是啊，对小宝宝来说，究竟什么是阅读？小宝宝的阅读包括哪些行为呢？

这里，必须给父母一个较明确的答案。

学术界一般认为，早期阅读的范围实际上是很宽泛的：0～6 岁的宝宝凭借色彩、图像和成人的语言以及文字来理解以图画为主的婴幼儿读物的所有活动都是早期阅读。也就是说，对于年幼的宝宝来说，只要是与阅读活动有关的任何行为，都可以算做阅读。对于宝宝来说，阅读不仅仅是视觉的，也是听觉的、口语的，甚至是触觉的。由此看来，我们提出让宝宝将书当玩具玩也是很有道理的。

只有正确理解了什么是宝宝的早期阅读之后，父母才不会对宝宝在亲子共读活动中所表现出的"不可理解"的行为感到大惊小怪了，才会实施真正的亲子共读。

○ 小宝宝不会"阅读"

很多父母把孩子读书看做是学校教育的事情，认为小宝宝在学前阶段应该发展的是口头语言，而阅读是进入小学后的学习内容，宝宝那么小，不必操之过急。还有一种说法，认为"早慧的孩子容易夭折"，理由是：婴幼儿学习会影响其健康，损坏其大脑发育。

其实，这些说法都没有科学依据。相反，科学家认为：宝宝的早期阅读不但是可行的，而且也是必要的。俄国著名生物学家巴甫洛夫有一名言："婴儿降生的第三天开始教育，就迟了两天。"而英国著名生物学家米勒和科基利斯也提出"用脑越早，身体越好；用脑越少，衰老越早"的观点。

关于用脑与长寿的关系，有一组国外的统计数据可以说明：专家们对 400 位名人的寿命进行调查，统计的结果是发明家平均寿命 79 岁，而寿命最短的诗人的平均寿命也是 58 岁。但是，当时一般百姓的平均寿命只有 51 岁。看来，"聪明的宝贝不好养"的说法是没有科学根据的。况且，婴幼儿的大脑有很强的自我保护机制，对他们来说，他感觉好奇的东西他就会接受，他感觉厌烦的东西他就会拒绝。父母尽管可以放心，婴幼儿绝对不会强迫自己去学习的。

有关研究表明，早期阅读的起始时间一般以 9 个月到 1 岁为宜，如果家庭教育的方法适当，宝宝早期阅读的能力就能较早出现。这是说一般的情况，而有的学者提倡对宝宝的教育应该更早。

你 知 道 吗

早期阅读的积极作用：

● 早期阅读能够激发孩子的学习动机和阅读兴趣。

● 早期阅读是提高孩子语言能力的重要途径。

● 早期阅读是孩子智慧发展的钥匙。

● 早期阅读可以发展今后学习所需要的阅读预备技巧。

● 早期阅读有利于儿童的健康发展。

○ 亲子共读＝识字

这几乎成了一种普遍认识：宝宝的早期阅读，无非就是让宝宝多识几个字。所以经常看到那些年轻的父母在图书市场给宝宝选择一些识字卡片和一些看图识字的书。这种观点是不是正确的呢？究竟亲子共读与识字之间有什么关系呢？

专家指出，早期阅读应当包括一切与书面语言学习有关的内容。识字是学习书面语言的一种内容和方式，但不是惟一的内容与方式，有些托儿所和幼儿园大批地、正规地组织宝宝识字是不足取的，大量的、系统的识字不是学龄前儿童早期阅读的内容。就是说，早期阅读绝不等同于早期识字。但是，有些父母在与宝宝的阅读活动中又故意回避文字的接触，这种做法也是错误的。

◆识字和阅读不可分，不能脱离阅读谈识字

识字是阅读的基础，但是在阅读的过程中也能识字。现在市场上的识字卡片实际上就是脱离了阅读的识字。而在阅读中自然识字更能激发孩子的兴趣，培养他们的语感。

◆宝宝识字了，但不一定会阅读

有的宝宝已经学会了很多汉字，但他还是不会阅读。不会阅读就等于没有学会书面语言。有关研究已经表明，缺乏良好的早期阅读经验的宝宝，入学以后会有学习适应上的困难。他们往往不会用食指和拇指一页一页地从前往后翻书，而是用手去抓书；他们常常把阅读看成是一件自己能力所不能及，或者没有意思的事，缺乏阅读兴趣；他们即使认识了一句话中的每一个字，却不能把所有字的意思连贯起来，完成对整个句子意思的理解，表现出阅读理解能力差的问题。

所以，父母要认识到，让年幼的宝宝进行与阅读有关的活动，并不

在于让他在阅读中学习到多少知识,而是让他掌握一些与阅读活动有关的准备技能,培养阅读的兴趣,养成进行阅读的良好习惯,从而为今后的正式阅读做好准备。

你知道吗

学前宝宝识字阅读不仅仅是识几个字的问题,更是培养阅读习惯、提高阅读兴趣的问题。所以有人提出:尽早阅读就是一切。因为阅读确实是宝宝一切学习和发展的基础,阅读兴趣、阅读方法、阅读习惯对宝宝的成长是至关重要的。

○ 亲子共读=讲故事

很多父母认为,亲子共读就是给宝宝将一个故事慢慢给宝宝读懂,要让宝宝知道故事的情节,还要求宝宝复述故事。宝宝的认知能力是有其发展特点的。

对于1岁半以内的小宝宝而言,他根本就不关心这个故事到底怎么样了,他感兴趣的是一个个自己喜欢的单独画面,从这些画面上,他们可以认识这是苹果那是黄瓜,苹果是红色的,黄瓜是绿色的;这是车子那是船,他喜

欢这种车,还喜欢那种船。所以这个时候的亲子共读,可以不按故事情节讲,讲宝宝喜欢的画面就好了。即使对大一点的宝宝而言,读书也不仅仅是"阅读理解",他们从这些书里看到了新的事物,学到了新的知识,体会到了一些粗浅的做人的道理,这就可以说是有效的"亲子共读"了。

○ 讲故事一定要口语化

有的父母所做的亲子共读就是给宝宝讲故事,而且将书面语言都变成了儿语或者口语,这样每天给小宝宝讲一个故事,也不给小宝宝读故事,小宝宝也不参与阅读。这种亲子共读肯定不是真正意义上的亲子共读,这在前面都已经讨论过。另外,给宝宝讲故事,用的是口语,然而尽早让宝宝从口语过渡到书面语也是很有必要的。

心理学研究表明,宝宝大约从 3 岁开始,就已经具备了基本的语言表达能力,拥有了大量的口语经验和口语理解能力,发展了大量的口语词汇,在头脑中建立了大量语音与语义的联系。因此,在识字的初期,将大量已掌握的口头词汇转化为书面词汇,尽快学会阅读,克服阅读困难是父母要帮助解决的问题。什么样的阅读才能使口语比较容易地过渡到书面语呢? 后面有关章节要谈到的"分享阅读"就是由口语过渡到书面语的安全桥梁。

你 知 道 吗

宝宝学会汉字的关键是对书面书写形式的字形的学习和掌握。也就是说,对于众多的口语词汇而言,宝宝头脑中已经有了"字音——字义"的联结,他们面临的主要问题和困难

是要在大量的字形和字音之间建立"字形——字音"的联系，如看到"读"这个字形的时候，头脑中要知道"读"这个形状的读音。

○ 亲子共读要立竿见影

有的父母望子成龙、望女成凤心切，巴不得让宝宝在几个月内就能认识几百字甚至上千字。于是社会上也因此而出现了各种各样的"识字"速成班，这样那样的早教班。父母也经常听到报道说，有的宝宝3岁就能认识几千字了；有的宝宝在4岁就能阅读了。而自己的宝宝3岁了，还认不了那么多字，一着急就将宝宝送进各种各样的培训班。要知道，任何早教培训都是不能代替亲子共读的，这在前面的有关内容中都已经谈到过。

其实，亲子共读属于家庭教育内容的一部分，家庭教育应该与学校教育有所区别，学校教育是针对具体的文化知识进行系统的教育，而家庭教育应该着重培养的是宝宝的学习习惯、思维训练、知识面等，是去弥补目前的学校教育不能达到的教育空白，而不是将学校将要教的东西提前教给宝宝。在阅读和识字的关系上要明确识字是为了阅读，是为了提高阅读的兴趣。父母不要盲目、大批快速地让宝宝去识字，否则将会给宝宝形成负担和压力；不能以识字的多少给宝宝贴标签。所以，专家建议还未上学的宝宝的父母不要太在乎宝宝是否识字、是否过阅读关、是否会加减法，而应重视培养宝宝对学习的兴趣。父母也更不能急功近利，将本属于父母与宝宝一起分享的亲子共读也让各种各样的培训机构代替了。

你知道吗

　　要想亲子共读顺利而有效地进行,无论是在思想上还是在具体的实施中,父母确实要随时摒弃一些错误的东西,以宝宝的心理发展规律为依据,用平和的心态来栽培孩子。

第二篇 如何为孩子选书

　　看到很多妈妈到书店为宝宝选书，总是不知道给宝宝选什么书好。有的妈妈挑了这本选那本，到最后总是拿不定主意选哪一本，好不容易选了一本，拿回去跟宝宝一起阅读，又感觉宝宝好像对这本书不感兴趣，为此，妈妈感到很茫然。有的妈妈来到书店，干脆选一大筐，全部搬回去，到时候看宝宝喜欢什么就读什么，但后来很多书宝宝翻都没有翻一下，宝宝就对这些书不感兴趣了，真是白费了妈妈的一片苦心！

　　亲子共读虽然不强调一定要制定一个系统而严密的阅读计划，但是，根据每一个阶段宝宝发育的特点选择适合这个阶段阅读的读物是非常重要的。所以有人说，做了父母，还要去学习一点婴幼儿心理学知识，让自己能洞察宝宝心理发展的水平，了解宝宝心理的基本变化。根据宝宝的心理变化选择适合宝宝的阅读读物。

　　如果对宝宝的心理发育了解得不是很清楚，建议你就分年龄阶段给宝宝买读物，但对宝宝各个年龄段该读的读物的特点心中一定要有数。

◆ 0岁宝宝的读物

◆ 1岁宝宝的读物

◆ 2岁宝宝的读物

◆ 3~6岁宝宝的读物

【一】0岁宝宝的读物

星期天,贝贝的爸爸妈妈带着贝贝逛书店,因为贝贝才9个月大,所以他还没有什么真正的读物呢!爸爸妈妈就很想给他买一些。可是到了书店却不知道给孩子买些什么书,到书店看了看,发现除了挂图和卡片之外,0岁孩子的阅读读物不是特别多。

给孩子买些什么书呢?爸爸妈妈正在想办法,突然贝贝在弄书架上的一本书,服务员走过来说:"你们就买这一本吧,看,小宝贝很喜欢这本书。"在服务员的提醒下,贝贝的妈妈倒想起了一个主意:让宝宝自己决定。

他们将几本低幼读物给贝贝自己看,如果他对着书专注的时间久一点,他们就将这本书买下来。就这样他们一共给贝贝买了3本书。

后来妈妈发现贝贝对这几本书很感兴趣,还经常对着图画上的动物和人物"啊哟啊哟"地说个不停。

这不能成为给幼儿选择读物的普遍方法,但是在选择幼儿读物的时候,照顾孩子的兴趣却是我们在选择幼儿读物时必须考虑的。

○ 0岁宝宝的发育与阅读

俗语说,"三天的细娃比狗灵"。的确,婴儿有着惊人的探求力、接受力、模仿力和记忆力,只不过这一切都是潜在的,等待着有人去开发和利用。丰富的智力活动就是 0 岁宝宝能够学习的基础,而宝宝大脑和感知觉的发育水平则直接影响到他智力活动的丰富程度。因此,在你决定为孩子选购读物之前,有必要充分了解这一阶段孩子的正常发育状况。

◆ 0 岁宝宝的大脑发育

新生宝宝出生时,脑重已增长到 300 ~ 390 克,是成人脑重的 25%,神经细胞已超过 1000 亿个,皮层面积增长到成人的 42%,大多数沟回已经出现。到 1 岁末时,宝宝脑重增至 800 ~ 900 克,占成人脑重的 60%。此外宝宝在婴儿期神经细胞迅速增长,1 岁时达到最高峰,其数量已相当于成人水平。神经突起的发育使神经突触的数量不断增加,这就为建立复杂的神经联系提供了可能。

你知道吗

胎儿后期和新生儿早期,神经元和神经纤维迅速被一层蜡质的磷脂所覆盖,称为髓鞘化。神经纤维的髓鞘化,是脑内部结构成熟的主要标志,它保证了神经冲动沿着一定的通道迅速而准确地传导。

◆ 0 岁宝宝的视觉发育

相关研究表明:新生儿出生才几个小时,就会有注视妈妈面孔的行为;而尚在妈妈腹中的胎儿,就已经有听觉的功能。这些最新的研究,使人们改变了新生儿、婴儿不具备基本感知能力,只是被动的个体的看法,开始相信他们是有能力的,是积极主动地与周围的人和物进行交往的个体。

新生儿的视觉探索活动主要表现在以下方面：

● **对图形的视觉探索**

出生第1天的新生儿，在空白的视野里，进行的是水平方向的探索，而对三角形的探索，却集中在三角形的边缘上；新生儿在出生后的第8天，就有对图形的特征进行视觉探索的倾向，这个倾向一直要延续到出生后1个月；到2个月时，新生儿的视觉探索已经形成系统化，能把图形的整体特征连接起来进行探索。所以在宝宝出生后的头几个月内，宝宝的阅读读物的选择都集中到各种各样的图形上。

● **婴儿的颜色视觉发展**

80%的新生宝宝在出生后8分钟到13天后，就能分辨红圆和灰圆，说明出生2周后的新生宝宝就具有颜色的辨别能力。所以，2周以后的宝宝就可以给他看颜色不太丰富的彩色画了；而2个月的宝宝能从白色中区分出红、橙、黄、绿、蓝，所以，2个月以后的宝宝就可以给他看颜色较丰富的彩色画了；一般来说，4个月的宝宝已经能在光谱上辨认各种颜色，说明这时宝宝的颜色视觉发展已经接近成人水平，4个月的宝宝就可以欣赏丰富多彩的彩色图片了。

● **宝宝的形状知觉的发展**

形状知觉是指宝宝对物体的形状进行辨别的能力。心理学家们用视觉偏爱法测出了宝宝更偏爱于看的东西的特点是：动态的、具有曲线形的、有闪亮光的、有复杂花样的、彩色的、立体的和新奇的。但是，要注意的是，不同发展阶段的宝宝，对这些形状的视觉偏爱是不同的。研究表明，出生6周的新生宝宝对中等复杂的形状注视时间最长，而出生11周的宝宝对最为复杂的形状最感兴趣。所以，在宝宝出生后6周以前，可以给宝宝看一些简单和中等复杂图形的画面；可以给11周，也就是2个半月的宝宝看很复杂的形状的图画。

◆ **0岁宝宝的听觉发育**

心理学研究结果表明，婴儿具有十分敏锐的听觉上的感知能力。研究人员从三个方面证明了真正能力：

● **对妈妈声音的感知**

心理学家对出生 3 天的宝宝进行了听觉偏爱研究，研究结果发现，85%的被测试的宝宝偏爱自己妈妈的声音，按能听到自己妈妈声音的频率吸吮奶头。所以，与很小的宝宝的亲子共读的责任一般由妈妈承担效果要好一些。妈妈就是很了不起，不但生育了宝宝，还要承担教育宝宝的责任。

● **对母语的感知**

生活在英语环境中的 5 个月的婴儿，已具有辨别母语与外国语的初步能力。因此，在与 0 岁宝宝的阅读中，父母用语言刺激宝宝是有效的，虽然表面上宝宝没有跟你交流什么，但是，这种刺激绝对是存在的，父母要从内心深处相信这一点，只有对此深信不疑，你才会感到所做的一切是有意义的。

● **对音乐的感知**

心理学家们研究发现，新生儿在出生时已具有对音乐的感知力，出生后 2 个月，新生儿已经能安静地躺着听音乐了。所以在早期的宝宝阅读中，我们提倡伴随着音乐给宝宝阅读儿歌、童谣甚至是故事。

◆ *0 岁宝宝的手的发育*

2～4 个月宝宝手的动作还带有无条件反射的性质。所以这个时期宝宝手抓握的特点是：

- 没有目标，没有方向，碰到什么就抓什么。
- 抓握时，拇指和其余四指方向一致，此时的宝宝无论抓什么，都是一把抓。
- 眼手不协调。
- 看到的或感觉到的物体，伸手去抓却抓不准。

5～6 个月的宝宝开始形成了眼手协调地抓住物体的能力。这个时期的宝宝开始对物体的空间位置作出准确判断；学习手指的张开和

紧闭,特别是五指的配合;用眼、手和嘴去认识拿到的物体。宝宝在拿到物体以后,用眼,还会用手不断地摆弄,有时还要用嘴咬。这恰恰是宝宝认识事物,了解物体属性的重要途径。

6~9个月宝宝手的动作逐渐灵活,这个时期的宝宝开始把兴趣从自身的动作转移到动作对象上来。此时,他们将对各种东西乱敲、乱打、乱撕、乱扔,有时还会反复地做同一个动作。这些动作对宝宝智能发育是非常重要的。

9个月以后宝宝手的动作进一步复杂化,他们开始借助工具来达到目的。

所以,宝宝在五六个月之后的阅读读物的选择要根据这些特点来选择,而且宝宝将书当玩具的最佳阶段也是5个月之后。

◆0岁宝宝的语言发育

0岁宝宝的语言能力发展有如下几个阶段,这几个阶段都会从不同的角度决定0岁宝宝的阅读方式:

● 新生儿期(0~1个月):新生儿喜欢听声音,特别喜欢听母亲的声音。

● 发音游戏期(2~3、4个月):这个时期婴儿对语言的某些信息开始理解,能对成人的发音进行"互相模仿",因此称为"发音游戏期"。

● 语音修正期(5~8、9个月):这个时期的婴儿能鉴别语言的节奏和语调特征,并开始根据周围的语音环境修正、改造自己的语音体系。开始丢掉母语中没有的语音。

● 学话萌芽期(9~12个月):这个阶段婴儿开始理解听到的语音所代表的意义。能够经常、系统地模仿大人的语音了,这就为真正意义的说话做好了准备。

还有心理学家认为，以汉语为母语的儿童，0岁时期是语言获得过程中的语音敏感期。围绕语音，婴儿发展起三方面的能力，即语言感知能力、发音能力和语言的交际能力。

○ 0岁宝宝读物的特点

根据0岁宝宝心理和生理发展的不同特点，我们将0岁宝宝又分为两个阶段：0～4个月为第一个阶段；5～12个月为第二个阶段。这两个阶段根据宝宝生理和心理的发育特点，宝宝的阅读读物也有不同的特点。

◆0～4个月宝宝读物的特点

根据0～4个月的宝宝视觉发育的特点，宝宝读物的总体特点应该是视觉和听觉刺激阶段。所以，这个阶段可以按宝宝读物的有无文字来分类，可分为两大类：无文字的挂图类和有文字的儿歌、童谣类。

挂图类的特点

● 画面要大而清晰

特别是刚出生的宝宝，其视力进行的是水平方向的探索，所以，画面太小宝宝可能就看不见。

● 色彩鲜明

前面谈到过宝宝在出生8分钟到13天后，就能分辨红圆和灰圆，而4个月的宝宝的颜色视觉发展已经接近成人水平。所以，在宝宝出生的头两个月内，挂图的色彩可以稍微单调一点；而到宝宝4个月的时候，挂图就应该选择色彩丰富的颜色了。

● 有较为复杂的花样

可以给出生6周前的宝宝选择中等复杂程度的花样，因为这个时期的宝宝对中等程度复杂的形状注视的时间最长，说明他对这类图形

感兴趣。而给出生 11 周的宝宝选择最为复杂的花样,这个时期的宝宝对最为复杂的形状感兴趣。

● 要有立体感

心理学家们用视觉偏爱法测得宝宝更偏爱于有立体感的图形,而对平面的图形不感兴趣。所以,0～4 个月宝宝的挂图的形状最好选择立体画面。

● 画面的图形要求新奇

宝宝在婴儿时期,最喜欢的是变幻多端的新奇的图形。那种经常见到的、熟悉了的东西很难引起宝宝的兴趣。

● 挂图的图片要整洁耐用

如果挂图又脏又乱会给宝宝的心理带来不良影响。另外要求挂图耐用,因为给宝宝看的挂图要挂在宝宝床的周围,而且不是挂一天两天,如果质量太差就容易弄坏。

儿歌、童谣类、故事类读物的特点

● 内容简单

这个时期的宝宝因为对文字的意义不明白,所以,不要将儿歌童谣的内容弄得太复杂。

● 内容要具有生活化

生活化的内容宝宝更容易接受,如果内容太陌生,宝宝就会对其不感兴趣。如《起床歌》、《穿衣歌》等童谣的内容都是具有生活化的。

● 节奏感强

这个时期主要是刺激宝宝的听觉,所以所选的儿歌、童谣读起来要有较强的节奏。如《小兔子乖乖》、《两只老虎》等儿歌就有较强的节奏感。

● 读起来要朗朗上口

读起来朗朗上口,一方面宝宝喜欢听,另一方面妈妈读起来也有快感。

● **故事的语言要求优美、充满诗意**

因为这个时期的宝宝根本不会理解故事的内容，对故事的情节当然就更不在乎了。所以，给0～4个月宝宝选择故事的时候注重故事语言的准确性、富有诗意就可以了。

◆ **5～12个月宝宝读物的特点**

5～12个月的宝宝由于心理和生理进一步发育，阅读读物也应该有新的特点，而且这个阶段宝宝的读物的范围也随之扩大。具体有如下特点：

● **挂图的内容丰富多样**

这个时期的宝宝由于视觉进一步发育，可以使用各种各样的挂图，形状可以是方形的，也可以是圆形，还可以是三角形的等等。父母也要不时尽量变换挂图的形状。从大小来看，挂图可以大一点也可以小一点，只要宝宝感兴趣，他都能看到。

0～4个月宝宝的挂图主要是亲人的脸图、复杂不等的各种形状。5～12个月宝宝的挂图的内容可以是各种各样的物品图了，如动物类、水果类、轿车类等等。

● **亲子共读的书要求图多文字少**

由于小宝宝对色彩感兴趣，对文字无论从字形还是字义来看，宝宝都对其不了解。所以父母与宝宝一起读的书要求有丰富多彩的图画，较少的文字对图画的内容加以说明即可。

● **儿歌、童谣读物的内容可以稍有丰富的含义**

这个阶段的宝宝对母语适应几个月了，对读物内容的意思虽然还是弄不明白，但是应该让宝宝慢慢适应了，有的宝宝还可能明白其中的一些含义。

● **故事不宜过长**

晚安故事也好，其他故事也好都不宜过长，因为宝宝对故事的情节还不是特别感兴趣。这个阶段的宝宝还是对语言的特点和妈妈讲故事的表情等较感兴趣。

前面已经谈到宝宝手的动作的发育，在5个月之后，宝宝的眼手已经开始协调了，对拿到的物体开始摆弄。特别是6个月以后的宝宝，手上的动作就逐渐地开始灵活起来，可以对拿到的物体施加动作，

撕书、扔书也在这个阶段开始进行。所以，这个时期的宝宝读物就可以充当宝宝的玩具了。各种玩具书、可以让宝宝撕的书都可以在这个阶段让宝宝"阅读"。书的大小和样式也可以是丰富多样的，可以是圆角的小手撕不破的书，也可以是大的能让宝宝撕的书等。

○ 0岁宝宝读物的类型

0岁宝宝究竟该读些什么呢？这是很多父母非常关心的问题。又由于中国的图书市场对婴幼儿的读物分类不是很细，所以给宝宝的父母带来了很大的困难，很多父母都没有明确的目的，反正凭自己的感觉吧。但凭大人的感觉给宝宝买的读物多数时候宝宝都不是很感兴趣，因为父母不是按照宝宝的心理发育的特点买的。如果要想给宝宝选对相对比较合适的读物，还应该了解宝宝的这个阶段有哪些类型的读物。对于读物类型的划分，不同的划分标准又有不同的类型。

◆ 按外形划分

0岁宝宝的读物按外形划分可分为挂图类和书本类。

◆ 按内容划分

挂图类按照内容可分为图形类和实物类。图形类的又可以按照图形的复杂程度分为：简单的图形、中等复杂的图形和最复杂的图形。

目前图书市场的挂图，图形类的挂图较少。实际上，这与人们对4个月前宝宝的心理发展认识有关，现代的父母一定要有一个观念：4个月前的宝宝对图形很敏感也很感兴趣，这在前面已经谈到过。这类挂图其实父母自己都可以制作。如父母的脸的图形就可以将父母的照片在照相馆放大，然后将其挂在婴儿床的两边。另外如条纹图形、斜纹图形、同心圆图形、棋盘图形、地图图形、链条形、波纹形、葡萄形等这些图形都是父母自己可以画的。满月前画黑白的，满月后就可以用彩色笔画了。还有一个方法就是父母可以自己留心收集，无论是报刊杂志上的也好，宣传画上的也好，其他资料上的也可以，收集好了就可以整理，之后装订好，这样就成了你奉献给宝宝的第一本书。

另外，大一点的宝宝也可以参与图书的制作，这些活动是极其有意义的，一方面可以锻炼宝宝的动手能力，另一方面也可以培养亲子感情，增添养育宝宝的乐趣。

实物类的挂图内容很丰富，图书市场也能买到。大致可以分成这些类型：动物类的、水果类、家具类的、人物类的、颜色类的、识车类的等等。这类挂图最好是在图书市场买，这些挂图都是专门为小宝宝制作的，色彩搭配较好，实物感强。而且有的实物是从不同的角度拍摄的，让宝宝从不同的角度观察这些东西，就会让宝宝对实物有不同的感觉。这些挂图的选择可以按照宝宝的兴趣选，怎样知道宝宝对那种挂图感兴趣呢？很简单的方法就是观察宝宝对挂图注视时间的长短，如果看的时间长，说明宝宝对这种挂图感兴趣；如果注视的时间很短，说明宝宝对这种挂图不是特别感兴趣。还可以观察宝宝在看挂图时的表情，如果宝宝看挂图的时候感到很兴奋也很激动，说明宝宝对这种挂图很感兴趣。

书本类按内容划分也较丰富,大致也可以分成这些类别:动物类的、儿歌类的、谜语类的、童谣类的、故事类的、实物类的、三字经、唐诗等,这些类别如果分类还可以细分,有些该细分的在后面有关章节还要谈到。父母可以按照这些种类观察宝宝的兴趣所在给宝宝作选择。

◆ 按材料划分

按照读物制作的材料划分,还可以将小宝宝的读物划分为:塑料类的、布书、纸书等。对小宝宝来说,塑料书和布书适合作宝宝的玩具书。这类书的特点是:经久耐用,还可以随时清洗。但妈妈在选择的时候要注意塑料和布的质量,塑料和布一定要保证无毒,没有任何气味。如果塑料和布的质量很差,就会影响小宝宝的身体健康。

影像、磁带也应该是亲子共读的很重要的一种类型,现代父母应该学习用科技产品来作为培育孩子的辅助手段。在很多方面,影像、磁带,甚至多媒体的优点是书本读物无法代替的,至于具体的运用将在后面有关章节讨论。

你知道吗

广义的亲子共读的读物就更广泛了,如走到街上,可以引导宝宝阅读宝宝能看得见的广告牌、路标、店铺招牌、宣传画、小区的宣传栏等等。在生活中学习也是亲子共读所提倡的。

○ 我的选书经验

下面推荐的这些读物仅供父母在给宝宝买书的过程中参考。在这里,年轻的父母一定要记住一句话:适合自己宝宝的才是最好的。只要掌握了宝宝心理发育的大致特征,然后结合宝宝的实际发育情况就能给宝宝选择较合适的读物。

以下推荐信息仅代表作者个人观点,以供年轻父母购书时做适当的参考。购买图书时,请特别注意以下几点:

①一定要买正规出版社的图书,最好是知名出版社。

②到正规书店购书,不要贪图便宜到"地摊"上买书。

③图书印刷清晰,图文均无模糊缺损现象。

④内容正确无误,杜绝"错误连篇"的图书。

◆ 挂图类

● 形状类

目前图书市场上的挂图包括正方形、三角形、圆形、星形等多种不同的形状。这类挂图的特点是色彩鲜艳,还配以日常常见的实物,实物感较强。父母可以多留意书市,如果有黑白的、按照形状的复杂程度分类的就可以买来供4个月前的宝宝使用。如果一时找不到适合4个月以内宝宝使用的挂图,父母可以按照前面谈到的"宝宝形状知觉的发展"自己制作相应的形状图片。

● 日常物品类

这套挂图的特点是:图片主题突出、色彩鲜艳、图形逼真、宝宝容

易观察识别。其内容包括草莓、苹果、玩具熊、气球、蛋糕、雪糕、饼干、米饭、果汁、汉堡、鸡蛋、面包、帽子、袜子、猫、狗。这些内容比较贴近宝宝的生活。

● **数数类**

这种挂图在图书市场上可以买到。挂图的内容大部分是宝宝熟悉的实物,如橘子、苹果、梨、猫、狗等。只是每一张的数量不同。这种挂图适合4个月以后的宝宝观察,如让他自己感觉同样都是苹果,一张画上只有一个,而另外一张画上却有几个,让他自己去感受就是了,0岁宝宝一般不主张数数,0~3岁宝宝数学能力发展的关键期将在后面有关章节讨论。

● **识车类**

现在很多小宝宝都对车感兴趣,因为车子能够跑动,小宝宝对动态的东西总是很感兴趣的。所以市场上也有很多以车为内容的挂图。如果父母对车也感兴趣,这种挂图就是亲子共同分享的好素材。这些图片制作精美,有的还附有简单生动的解说。这样既能满足宝宝的爱车兴趣,又能增加你自己的知识。

● **动物类**

动物类挂图也是宝宝很感兴趣的,动物分类很多,但要给小宝宝的挂图就以平常常见的为主。如果宝宝对动物类特别感兴趣,父母可以按照动物的分类给宝宝多收集一些。动物类的挂图市场上出售的还是很丰富的。父母可以在书市按照宝宝的兴趣爱好进行挑选。

● **识字类**

这类挂图的特点是在图的下面或者旁边注有拼音或汉字,在宝宝看图的同时,也可以教给宝宝相应的汉字。这种挂图在图书市场较丰富,父母在选择这类挂图的时候要注意挂图的内容与宝宝的日常生活联系得比较紧密。这样宝宝才会对这些内容和汉字感兴趣。

● **颜色类**

前面曾经谈到过宝宝的颜色视觉发展,父母可以根据宝宝的发育特点在市场上给宝宝挑选相应阶段的颜色挂图。

◆ 卡片类

婴儿卡片的使用是在宝宝的手的动作开始发展的时候。卡片也可以按照卡片上的内容分成很多种，只是由于 0 岁宝宝的生活经历和知识面的限制，一般市场上都很少将这类卡片分类。我所看到的分类较好的如《0 岁大卡》，内容包括蔬菜、水果、小动物等，色彩鲜艳，鲜活可爱，便于宝宝识别、认知。

◆ 书本类

书本类的读物分类就较复杂了。在此，给父母推荐一些有代表性的 0 岁宝宝亲子读物，这里推荐的读物没有按照统一的标准分类。

● 儿歌、童谣

0 岁宝宝的儿歌和童谣的特点在前面已谈到过，父母在给 0 岁宝宝挑选这类读物时要看看这个时期宝宝读物的特点。我觉得比较好的如《半小时妈妈》丛书，内容较活泼，是一套注重启发性教育的亲子丛书。书中的每个儿歌都给妈妈写有提示，以便妈妈更好地与宝宝共读。本书的儿歌如"小小猪"、"拉大锯"、"骑大马"、"小老鼠上灯台"、"妈妈上班去理发"、"虫虫飞"、"排排坐"、"一只青蛙"、"不倒翁"、"摇啊摇"等等都是较有生活真实感的儿歌，其中有些儿歌也是流传了很多年的优秀儿歌。这本书还有一个特点，就是在同一本书中穿插有小故事，这样就可以给宝宝读了儿歌还可以给宝宝讲一个小故事。这些故事也是比较生活化的，如"吃早饭"、"小猪请客"、"花帽子"、"小房子"、"小兔子找家"等。

● 日常生活常识类

宝宝在书本上认识一些常识性的东西也很有必要，这里给父母推荐一套《0 岁启蒙》，本套书一共两册，包括基础本和提高本。这套书的特点是：每页一般包括一张精美的图画，画的是一件物品，还有用大字写出来的物品的名称，另外还附有"教育提示"，这是提供给爸爸妈妈

的一些参考和建议。在与宝宝一起阅读的过程中,这些参考和建议还是很实用的。比如初级本里的靶心图的"教育提示"中写道:"出生不久的新生儿,对高对比度的黑白图片具有视觉偏好。但由于新生儿视觉调节能力较差,妈妈在给宝宝看黑白靶心图时,理想的焦点以距宝宝眼睛20厘米左右为宜。注意看图时间不要太长,以免引起孩子视觉疲劳。"宝宝发育的有关知识,新爸爸和新妈妈不一定都明白,所以在阅读的时候,父母可以首先阅读"教育提示"。

这本书根据婴儿发展的实际规律和需要,对小宝宝日常接触较多的物品进行了有序的分类和排列,其中的内容有:黑白方块、靶心图、小鸭、玩具熊、气球、哗啦棒、苹果、香蕉、桃、西瓜、帽子、衣服、袜子、鞋、电话、时钟、猫、狗、兔子、鸡、树、花等,符合婴儿心理发展的特点。特别是在提示部分,本书以全新的教育理念,更广阔的智能发展观,在看、听、玩、理解、认知等多个层面给年轻的父母以指导。

● **训练宝宝的视觉、触觉**

这里给父母推荐一套按宝宝的月龄编写的0岁宝宝的书,书名为《0岁视觉 & 触觉 BOOK》,这套书包括《黑白世界》、《彩色世界》、《真实的世界》、《凡高的童趣》、《数的概念》。这套书的特点是:几本书分别适合不同月龄的宝宝,内容循序渐进,从0~3个月龄宝宝看的黑白图片,到适合所有宝宝欣赏的伟大的凡高的画作,精心挑选色彩鲜艳的图画和艺术作品,培养宝宝在颜色、语言、艺术等方面的敏锐的感知。

《黑白世界》的特点是:《黑白世界》的内容是物体的黑白剪影。皮亚杰等现代心理学家的研究指出,0~3个月大的婴儿对黑与白两种颜色最敏感。所以《黑白世界》适合0~3个月的宝宝与妈妈"阅读",让宝宝接触黑白的物体剪影,并让他们的小手触摸特意设计的凸凹书页,能促使他们尽早发展对颜色的感知、对形状的直观感觉和触觉的灵敏。

《彩色世界》适合3~6个月宝宝与妈妈分享,因为宝宝长大一点了,他的小眼睛需要认识更多的色彩,妈妈要用五种纯净的色彩来培育小宝宝对颜色的敏感,促进眼睛的发育。本书使用的五种纯净的色彩是:红、黄、绿、蓝、紫。

《真实的世界》适合6～9个月宝宝与父母一起阅读,这个时期的小宝宝对世界的认识从简单抽象的色彩与剪影发展到了更具体的阶段。我们要帮助他在身边的真实世界中去发展他对色彩、形状的感受力。本书提供了34张实物图片和色彩图片。

《凡高的童趣》适合9～12个月宝宝与父母一起欣赏,因为这个时期的宝宝更大一点了,父母也不希望宝宝只有平凡的眼界,你们要告诉宝宝在人类艺术世界中伟大的画家是怎样与颜色、形状游戏的。宝宝可以在凡高这样的大师们的杰作中找出以前学会的形状与图画,不要小看了宝宝的潜能哟!《凡高的童趣》选用了凡高、米罗、毕加索、马蒂斯的艺术作品,让孩子从大师的作品中感受与学习。其实大师的艺术作品,适合任何年龄段的孩子看。

《数的概念》适合6～24个月的宝宝,宝宝6个月以后就要开始"数"的熏陶。本书根据幼儿学习"数"的规律,有比较系统的设计。以图画的方式表现,提供给幼儿一个完整的"数"概念学习架构,让孩子轻松地学习,进而建立正确、清楚、完整的数概念。

- 故事类

小宝宝的故事类读物很多,但0岁宝宝的故事读物要注意前面所谈到的几个特点。只要能满足这些特点的故事,父母都可以与宝宝共读。这些故事可以包括经典童话故事、新知识童话故事(在故事中结合现代最新的科技知识)、名人故事、美德故事、习惯养成故事、安全教育故事等等。结合父母自己的实际情况和宝宝的实际情况,这些故事书在书店很多。0岁宝宝的故事书一定要配有丰富多彩、生动鲜活的画面,这样的书才会引起宝宝的兴趣,也才有利于亲子共读。

- 综合类

这里给父母推荐两套书,第一套书为《我的第一本书》,其中包括:认物书、识字书、识数书、拼音书、水果书、动物书、恐龙书、汽车书、儿

歌书、唐诗书,一共十本。这套书是由吉林美术出版社出版的。如果你发现自己的宝宝对某些知识感兴趣就可以挑选其中的一本或者几本。另外一套书为《宝宝看图认物》,其中包括:科技工具、植物花卉、水果蔬菜、家畜鸟类、水生生物、生活用品、交通武器、动物昆虫、人与自然、文体娱乐。这两套书包括的内容比较丰富而全面,可让小宝宝对多个领域的知识进行接触,有利于宝宝大脑的丰富。

你 知 道 吗

父母不要忘了,宝宝的手的动作开始发展之后,书或者卡片还是宝宝很好的玩具。前面谈到过宝宝在 5 个月之后手和眼就开始协调了,6 个月之后就会将兴趣由自己的动作转移到动作的对象上来,对各种东西乱撕、乱扔,而且还会不断地重复同一个动作。心理学家告诉我们,这种动作对宝宝的智能发展是极其重要的,所以,父母千万别认为这是宝宝故意捣乱,也不要感到恼火,应该将这些卡片大胆地放在宝宝手中让他自由摆弄。要知道,这也是宝宝在学习。

【二】1 岁宝宝的读物

选择 1 岁宝宝的读物，你会感到比选择 0 岁宝宝的读物要相对容易一些。一方面是因为 1 岁宝宝大都开始逐渐用语言表达了，接近 2 岁的宝宝还可以自己在书店指指点点了；而另一方面是因为，图书市场上适合 1 岁以上的宝宝的读物相对要丰富一些。

是的，宝宝大一些了，也可以用话语与爸爸妈妈进行简单的交流了。但这个时期宝宝与爸爸妈妈用言语的交流还是非常有限的，并且宝宝的选择也只能凭一时的好恶，说不定在书店还很感兴趣的，到家就不太喜欢了，这可是小宝宝最容易犯的"毛病"。所以，这个阶段你与宝宝的亲子共读的读物还是要你代劳选择。另外，因为图书市场上有较多的 1 岁以上宝宝的读物，很多的爸爸妈妈于是就在琳琅满目的书海中辛勤穿梭给宝宝淘书，结果总感觉没选对头，确切地说，不知道哪些书是适合宝宝的好书。

如此看来，爸爸妈妈了解一些 1 岁宝宝的心理发育特点和一些 1 岁宝宝亲子共读的读物的知识也是很有必要的。

○ 1 岁宝宝的发育与阅读

1 岁以后的宝宝，随着神经系统的日益成熟，手的动作的不断发

展,尤其是语言能力的发展很快,自我抑制的机能也就比较顺利地发展起来。这种机能的发展使大脑皮质的综合分析活动日益精确,对心理活动和行为的调节作用也有所增强。所以,宝宝就有可能较长时间从事某种活动,并按成人的指示来支配自己的行为。所以,宝宝1岁以后的亲子共读进行的时间可稍长一点。有时父母也可以发出一些指令要求宝宝执行,这样可以将心灵的沟通与亲子互动结合起来。

◆ 1 岁宝宝的大脑发育

宝宝到1岁的时候,脑重增至800～900克,占成人脑重的60%。宝宝到2岁时,脑及其各部位的相对大小和比例已经基本上类似于成人的脑。另外,宝宝在出生后1～2年内,大部分神经髓鞘化要完成。

◆ 1 岁宝宝的语言能力

10个月之后的婴儿就开始进入了对语音的辨义阶段。也就是说,从这个时候开始,他们就越来越多地将人们说话的语音与语音所表达的意思联系起来。不但如此,这个时期的婴儿,已经开始学习通过从说话人的声、韵、调的整体感知来接受语言。1岁左右的婴儿会对大人用大声的语调说"宝宝,我爱你!"的话语作出惊诧和思索的反应。这种从语言中分辨语义的能力,在2岁之内会迅速发展,婴儿也由此很快地积累起理解性语言。所以,这段时间,婴儿在语言方面的发展特点是:说得少,说不清楚,说不准确,但"懂得"很多。

婴幼儿语言发展的基本规律是:先能听懂,再学说。而1～1岁半是婴儿的单词句阶段,有人统计,婴幼儿1岁半能够说出50个左右的词。而且说出的词有如下特点:

- 单音重复。如宝宝、狗狗、娃娃等。
- 一词多义。此时的小孩子说"书书"这个词语,可能表达的意思是"我要看书"、"那是书",或"我喜欢书"等。所以要想懂得这个生气的小孩子说话，必须借助当时的情景才能理解。

● 以物体发出的声音代替物体的名称。如小孩子用"呜呜"代表火车，用"嘀嘀"代表汽车等。

● 多数词与小孩子的日常生活有关，且多是名词。如花花、猫猫、门、沙发等。

1岁半到2岁是幼儿语言发展最迅速的时期，这个阶段，幼儿能说出的词大大增加。到2岁的时候，一般的幼儿能说200多个。这一阶段，属于幼儿语言的简单句阶段。这个阶段幼儿说出的句子的特点是：

● 句子短小。这个时期幼儿的句子很短，没有修饰成分，大多在5个字以内，如"上街街"、"街街走"等，所以有人将这个时期幼儿说的句子叫做"电报句"。

● 句子不完整，缺少语法成分。如"爸爸抱（我）"、"妈妈饭（妈妈，我要吃饭）"等。

● 词序颠倒。如把"开门"说成"门开"，把"我要吃饭"说成"饭吃"等。

◆ 1岁宝宝的观察能力

1～2岁的幼儿已经具有了观察力，他们喜欢看镜子，观察自己的容貌。有时还会对着镜子作出笑或者吐舌头的动作。和妈妈一起照镜子的时候，他能指出哪个是妈妈，哪个是他自己。这个时期的幼儿还喜欢观察物体的不同形状构造，所以这个时期要训练婴幼儿对各种形状的感知。除此之外，这个阶段的婴幼儿还能看电视，开始区分坏人和好人，这都是小孩子观察大人看电视的表情感知到的。

◆ 1岁宝宝的记忆能力

1～2岁的婴幼儿有了无意识记忆力，能认识常见的亲人和经常在一起玩耍的小伙伴以及父母的朋友；能认识多种而不是一种交通工

具,能认识至少 5 种水果。到 2 岁时,婴幼儿能背诵整首儿歌;能说出父母和自己的姓名以及父母的职业;有的婴幼儿能背诵家中的电话号码。但是,这个时期幼儿还处于无意识记忆阶段,不会主动去记,而且记忆的东西不能保存很长的时间,所以,这个阶段的孩子学习东西需要反复地教,不断复习才能记住。

◆1 岁宝宝的美术能力

婴幼儿美术能力的发展,根据加德纳儿童艺术知觉理论,0~2 岁是婴儿知觉期,这个时期主要是认识他人和一些几何形的物体。从儿童美术能力发展来看,1~7 岁儿童经历了两个表现阶段,第一个阶段 1~4 岁属于涂鸦阶段;第二个阶段 4~7 岁属于象征阶段。

幼儿的涂鸦,所谓涂鸦就是无目的地乱画。这个阶段的主要特征是随意性、杂乱性和非控制性。但在这个阶段也有其内在的规律,通过对这个阶段儿童画的分析,涂鸦阶段经历了这样的过程:没有区别的涂鸦(1 岁儿童的随意涂鸦)——杂乱线条的涂鸦(2 岁儿童的线与圈的涂鸦)——纵横线的涂鸦(3 岁儿童的纵横线涂鸦)——涂鸦的命名(4 岁儿童的涂鸦命名)。

由此看来 1 岁的小孩子真正处于乱涂乱画阶段,在这个阶段父母要有意识地引导孩子。

你知道吗

宝宝 1 岁半以后,逐渐学会做各种动作,而不是再敲敲打打。他开始知道把物体作为"工具"来使用。比如,他可能会用纸来画画写字而不是敲打、乱撕或者乱扔。所以,这个阶段的亲子共读要变得稍微"正规"一点了。

○ 1 岁宝宝读物的特点

1 岁宝宝由于其发育的特点，这个时期小宝宝所看图画的特点为：

◆ 单幅、不连贯的图画

1 岁宝宝能欣赏单幅、不连贯的图画，所以，这个阶段的宝宝读物还是要求有图画的。

◆ 插图需要大而写实

1 岁宝宝虽然视觉发育较成熟了，但是这个时期的宝宝对大的色彩鲜艳的事物还是更感兴趣，所以，图画的插图要求较大，小了很难引起宝宝的兴趣。

◆ 插图内容生活化

无论是 0 岁小宝宝，还是 1 岁甚至 2 岁、3 岁小宝宝的插图内容都要求生活化，只有看到自己熟悉的东西，小宝宝才会产生兴趣。

1 岁小宝宝还可以在亲子共读中阅读很多种类的书，如故事书、儿歌、童谣、画画书、玩具书等各种内容的书。其中父母要注意带有文字的书的特点：

◆ 节奏感好，韵律优美

这个阶段的宝宝刚刚学会说话，对很多字词都还说不清楚，所以，这个时期的宝宝喜欢听各种各样好听的声音。节奏感好，韵律优美的声音是这个时期宝宝的最爱。因此，儿歌、童谣仍然是这个时期宝宝最喜欢的，也是父母要作为重点与宝宝一起分享的。当然，这个时期与宝宝共享的儿歌和童谣除了复习 0 岁宝宝的儿歌、童谣外，还要求增加

一些新的内容。在内容的复杂程度上可以稍微增加,因为随着宝宝生活阅历和语言的发育,对语言的理解能力也有所增强。另外,宝宝要通过父母所提供的语言环境来学习母语。所以,这个时期带有语言文字的读物,要求讲究语言用词的准确和生动,为宝宝学习母语提供较好环境。

◆ 需要按文字的内容配有插图

无论是亲子共读的读物,还是给宝宝念的故事,都要求配有色彩鲜艳的插图。因为宝宝还不认识文字,更不知道文字的意义,宝宝对表现直观的图画画面是很感兴趣的。而且插图的内容要与文字所描述的内容相符,这很重要。有的宝宝读物虽然配有插图,但是插图是插图,文字所描述的内容与插图一点联系都没有。所以,这种读物妈妈在与宝宝共读的时候,与宝宝一起分享就很困难,甚至对宝宝还会误导,认为文字所表达的就是插图的内容。

◆ 故事情节不要太复杂

对于故事类的书,故事情节还是不应该太复杂,因为1岁宝宝对故事情节还不是很感兴趣,他们更感兴趣的是好听的声音。所以,父母与1岁宝宝一起阅读的故事书还需要语言优美、生动。富有丰富表现力的语言、短小精悍的故事是宝宝喜欢的。

◆ 内容丰富,知识面广

随着宝宝大脑的发育,这个时期宝宝可以接受新鲜的知识,所以这个时期宝宝读物的内容要丰富多样,涉及面要广。特别是要培养小宝宝对科学技术类的兴趣,因为小宝宝的读物很多都对文学艺术方面有所涉及,所以这里要特别强调父母对小宝宝对自然科学的兴趣。中外很多在科学领域有着杰出成就的科学家,都是从小对科学产生了浓厚兴趣的。

你 知 道 吗

亲子共读并不是讲几个故事，认几个汉字的事情，而是要增加宝宝的知识面，培养宝宝多方面的兴趣。所以，亲子共读的读物也要涉及多方面的知识。

○ 1岁宝宝读物的类型

对1~2岁宝宝来说，亲子读物的种类除延续0岁宝宝的亲子读物外，种类从内容上要发生一些变化：

◆ 挂图类

挂图类的内容应该从各种各样的图形过渡到内容较丰富的如花、草、树木，还可以涉及到宝宝感兴趣的飞机、飞船等内容。虽然宝宝对这些内容不是很了解，父母可以在他注视挂图的时候告诉他"这是什么"。看宝宝是否感兴趣，如果宝宝对其中的某一样特别感兴趣，父母就应该收集一些相关的知识挂图满足小宝宝。如果早发现宝宝的兴趣爱好，然后父母加以正确引导，这对宝宝日后的发展意义是很大的。

◆ 卡片类

1岁以后的宝宝慢慢地对撕书、扔书的活动减少了，这个时期他们会将注意力转向卡片的内容了。所以，给宝宝选择的卡片就要注意上面的内容是否适合宝宝：首先，卡片不能以文字为主，还是要以图画为主，图画的色彩要鲜艳，线条要明快；其次，卡片的内容要丰富多彩，

要贴近生活实际;第三,卡片的文字所描述的内容要与图画相符。

◆ 书本类

无论按内容分还是按制作书本的材料分,书本类的种类都是很丰富的。因为在"0 岁宝宝读物的类型"中已经介绍了很多种类的书本类读物,这里就不再过多的重复。

根据 1 岁宝宝的手的动作发展的特点,宝宝这个时期开始知道把物体作为"工具"来使用了,如把纸用来画画或者写字。因此这个时期的宝宝要增加一种书本了,就是画画的书。

● 绘画书

有人主张这么小的孩子给他一枝笔,一些纸,让他随便画就是了,这就是让其自生自灭的"蘑菇定律"。是的,小宝宝画画是不需要讲究原则和方法的,只要他能通过在纸上的乱涂乱画找到乐趣就行。但是,小宝宝的生活经验不丰富,有时很难通过画笔表达他要表达的含义,这也会令小宝宝很"烦恼"的。所以,还是建议父母在图书市场上给小宝宝挑选一些能让其发挥想像的绘画书。

● 诗、词

因为这个时期宝宝开始学说话了,能理解一些简单词句的含义,所以很多父母在亲子共读中就有让宝宝背唐诗、宋词的内容了。对于唐诗、宋词书的选择也是父母的责任之一。这个时期,宝宝对语言的理解还非常有限,关于宝宝每个阶段语言发展的特点在后面有关章节中将会讨论。单这个时期给宝宝的唐诗、宋词读物应该是一些非常简单的诗词,而且,读物中要配有生动而富有想像力的画面。

● 外语书

随着宝宝年龄的增长,有的父母害怕宝宝会输在起跑线上,于是要给宝宝开始学习除母语之外的另外一种语言了。关于孩子学外语的相关内容在后面有关章节会讨论到。这个时期给宝宝选择外语书,也应该注意符合宝宝心理的发育特点。

你知道吗

这几类书是宝宝在1岁后要增加的。需要说明的是，这里列出来的书，不是要求父母非选择不可；这里列出的书的种类就是在这个时

期，父母有可能给宝宝的阅读读物。但这里没有列举到的也不是说一定不能作为亲子共读的读物，只要是宝宝感兴趣的、内容健康的、能促进宝宝心理发展的优秀读物都可以作为亲子共读的读物。

○ 我的选书经验

同样，下面推荐的这些读物中有一些曾经是我给孩子买过的，另一些是我的做父母的朋友介绍的，在这里列出来，仅供父母们在给宝宝买书的过程中参考。

以下推荐信息仅代表作者个人观点，以供年轻父母购书时做适当的参考。购买图书时，请特别注意以下几点：

①一定要买正规出版社的图书，最好是知名出版社。

②到正规书店购书，不要贪图书便宜到"地摊"上买书。

③图书印刷清晰，图文均无模糊缺损现象。

④内容正确无误，杜绝"错误连篇"的图书。

◆ 挂图类

● 《双语识字挂图》

这套挂图内容丰富,包括天文地理、日常用品、水果蔬菜、体育运动、生活学习、人、家庭、车船飞机、食品玩具等。每一类挂图的具体内容也较丰富,如天文地理中又包括:太阳、月亮、星星、地球、白天、黑夜、风、云、雨、雪、雾、冰、土、火、石头、雷电、河流、湖泊、森林、海洋、春、夏、秋、冬。所以,这套挂图是值得父母与宝宝一起了解的。

● 《迪士尼学习挂图》

迪士尼学习挂图也可以供 1 岁之后的小宝宝看,很多父母都是在迪士尼的故事中长大的。说不定回忆起猫和老鼠那滑稽的故事,现在还忍俊不禁。小宝宝也会对这些经典挂图感兴趣的。

● 《保护眼睛的挂图》

这套挂图图画清楚,色彩鲜明,内容现实化,纸张质量好(因为不是光面铜版纸,光面铜版纸印出来的书籍漂亮,颜色艳丽,但是这种纸张具有很高的反光率,如果长时间看这种纸张,就会对宝宝的视力造成疲劳和损害)。这套卡片除了选用低反光率纸张印刷外,还在每页纸上覆盖了由专业医师科学调配的"视力保护色系",更加有利于宝宝的视力保护。这套挂图看起来无反光,而且很自然。所以从制作的材料来看,这套挂图很适合小宝宝。

这套挂图的内容很丰富,分类也较细。这套挂图包括以下几大类:乖乖动物、彩色世界、宝宝数数、可爱用品、天天蔬菜、看图识字、奇异形状。其中每一大类中的内容也较丰富,如"乖乖动物"中又包括猫、狗、斑马、大象等,而且每一页都配有"妈妈念,宝宝听"的童谣,这些童谣很多都很生动地描述了挂图的内容, 如斑马的童谣是:"小斑马,穿花衣,黑白相间真美丽。""彩色世界"中包括红、黄、蓝、绿、紫等颜色,每一种颜色都对应一种实物,如黄色对应的是小鸭,紫色对应的是葡萄,橙色对应的是救生衣等。每一种颜色也都配有童谣,如"紫色"的童谣是:"夏天到,藤上吹起小泡泡,仔细看,原来是串紫葡萄。"

所以，这套挂图可以让宝宝在朗朗上口的童谣中认识很多事物；另外，对宝宝的视力也有保护作用，妈妈可以选择使用。

◆卡片类

•《0岁方案识字卡片》

这套卡片由我国"早教之父"冯德全教授亲自设计和编写的。全套由20个挂式大字卡、96个中词卡、56个挂式数量词卡、60个挂式对应词卡、40个挂式成语卡、40个挂式偏旁部首卡，以及723个各类生活游戏小字卡和28首童谣、韵文、诗歌识字卡等共八类组成；并配有详细说明书和教学方法，是婴幼儿早期识字教学的好帮手。这套卡片虽然命名为《0岁方案识字卡》，但并不是说属于0岁宝宝的读物，0岁的意思是"早教"的含义，所以这套卡片可作为婴幼儿的亲子共读读物，也可以作为早教的学习材料。

•《撕不烂婴儿书卡》

这套书卡是亲子共读的理想读物，对实物都用了中、英文两种文字标注，包括动物、儿歌、谜语、恐龙、童谣、认物、识字、识车、三字经、唐诗等十本。每本书的内容也较丰富，每一本书卡又有自己的特点，如童谣这本书卡，一方面是文字配有图画，另一方面每组童谣都有"教育提示"。这里不妨举个例子让父母们分享：

　　小鸭
一条小河清悠悠，
一群小鸭乐悠悠。
一起游水转悠悠，
一块回家晃悠悠。

其中的"教育提示"是："这组童谣适合较小的婴儿，这时的孩子尚处于语言发展的单词句阶段，因此妈妈教念童谣时，不必要求孩子把句子完整念出来，可让小宝宝先接说最后一个字，再逐渐加长句子。"

这种提示对于处于盲目中的父母来说无疑是很有帮助的。买书难的父母也可以根据这些提示给宝宝选择亲子共读读物。

这套书卡的纸张质量也很不错，可以保存较长的时间。

儿歌这本书的特点跟童谣差不多，如：

> 说话
> "叽叽"，"嘎嘎"，
> 小鸡，小鸭，
> 他俩干啥？
> 正在说话，小狗听不懂，
> "汪汪"光打岔。

其中的"教育提示"为："这是一组童话似的小儿歌，写得很具体，很形象，充满儿童情趣。妈妈念儿歌时，表情动作要适当夸张一些，语速要慢一些。"这首儿歌所配的图画也很生动，充满童趣，小鸡、小鸭的神态逼真而且非常可爱。

其他几本书卡也有自己的特点，这里就不一一列举了。

◆ 书本类

• 《0～2岁宝宝书》

这套书画面内容丰富，图画实物感强，接近生活，配有汉字和拼音。其中分为A、B、C、D四本。A本书主要内容是水果，B本书主要内容是蔬菜，C本书主要内容是动物类（主要是飞禽走兽），D本书主要介绍的是与宝宝身体、生活有关的内容，如玩具、身体器官、食物等。

• 《小宝贝学画》

这是一套小宝宝的绘画丛书，分为初级本、卡通本、提高本以及3册涂色本，其中初级本适合1岁宝宝与妈妈一起学习画画。其特点是：选择合适的内容，精心设计出有图有文的画册，并在画画的过程中配上浅显的口诀来指导，让孩子一边念一边画，将他们的语言思维和动手能力结合起来,可以收到更神奇的效果。一幅幅稚嫩而有趣的图画,记录着孩子成长的足迹。由浅入深的内容安排,也满足了孩子成长的需要。

● **《我的创意画》**

这是一套两本装儿童绘画书,一本是《我的创意画,陪孩子画线画》,另一本是《我的创意画,陪孩子画圆圈》。如果父母不想自己的宝宝只是会依葫芦画瓢,想让自己的宝宝在涂鸦与动手的时候,都充满个人的创意与想法,这两本书就是父母比较理想的选择。如书中启发孩子"波浪一样的线,你觉得像什么呢?把他画下来吧"。这些提示性的话语都会引起宝宝的联想。而且前面有写给家长的话,详细地讲解了宝宝画画所要使用的一些工具。

● **《亲亲宝贝丛书》**

这套丛书包括《宝贝手指谣》、《宝贝学数谣》、《宝贝拼音谣》、《宝贝英语谣》等 4 本,适合 0~6 岁的宝宝。

《宝贝手指谣》的特点是:内容接近儿童生活,浅显易懂;语言生动富有童趣,节奏明快,韵律优美;还配有手部动作图解。本书提供家长与孩子一起一边听、一边念、一边玩和一边做的机会。这样既可以使宝宝感受到浓浓的亲情,还可以增强宝宝双手的协调性和灵活性,从而达到对宝宝大脑的综合训练。

《宝贝学数谣》的特点是:本书采用立体三维的大幅画面,活泼鲜亮的寓言式场景,可以给孩子视觉感受;语言直白浅显、朗朗上口,给孩子们以语言训练的机会。在多维感官的共同作用下,孩子们对数量关系有更具体的感受,从而发展出初步的分析、综合、比较、概括、判断和推理能力。

《宝贝拼音谣》的特点是:本书将 47 个汉语拼音的声母和韵母创编成一系列朗朗上口的儿歌。每首儿歌重点强化 1~2 个声母或者韵母,每个拼音字母都有相对应的儿歌,孩子在听儿歌、背诵儿歌的同时,一方面自然而然地学会了拼音字母,另一方面在学习儿歌的时候,

也可以提高语言能力。

《宝贝英语谣》的特点是：宝宝在接触英语的时候，让孩子在童谣中学习可以增加孩子对英语的兴趣。本书选择了30多首简短、有趣而又容易背诵的英语童谣。童谣内容包括字母、数字、季节、动物、植物、颜色、游戏、自然等各方面，中英文对照编排，配以幽默逗趣、甜蜜温馨的大画面三维插图，让孩子在念念唱唱、玩玩做做中学习；孩子通过童谣节奏与韵律的美感，激发起对英语的兴趣、对英语基本语汇的认知。

你 知 道 吗

《亲亲宝贝》这套丛书妈妈可以选择购买其中的一本或几本，书中所涉及的知识对1岁宝宝来说，有的不太适合，妈妈买来之后可以将现在宝宝感兴趣的与其一起阅读。其他内容，如果宝宝一时不是很感兴趣，可以放在以后阅读。

【三】2岁宝宝的读物

2岁的小家伙好像有了很大的变化。

有一天将儿子带到书店,他先从书架上取了一本书,然后将食指放在嘴前对我轻轻地"嘘",轻声对我说:"不讲话,拿书,过去看,轻轻走路!"嘿,他比我还懂规矩!是与以前有了很大的变化。

我到处转了一会儿,想给他买书。我走到他看书的地方对他说:"你在这里看书,妈妈去给你买几本书回家看!"

一听说我要给他买书,他连忙站起来跟着我就走,然后还跑在了我的前面,很熟练地从书架上取下一本书放在我的手上,然后又从另一个地方取下一本书放在我的手上……

这个小家伙,我还想该给他买些什么书呢!他就自作主张地选了这么多。我一本一本地仔细审查这些读物,小家伙的眼光还真不错,有好几本都很适合他这个年龄阶段阅读。

我也因此感到了无比的轻松,以后为小家伙买书,他自己就可以做些决定了!

○ 2岁宝宝的发育与阅读

2岁以后的宝宝的身体发育更加成熟了,大脑的运动机能也不断发展,而且开始学习自己系扣子、洗手、用筷子吃饭等,说明这个时期

的宝宝已经开始使用"工具"了。那么,在宝宝的阅读中,宝宝该怎样使用手中的读物呢?

这个时期,父母要给宝宝介绍书的结构,让宝宝逐渐明白什么是真正意义上的书,人可以通过书这个工具达到什么样的目的。由于运动机能的不断发展,宝宝四肢的协调性也不断增强,可以上下楼梯,还可以到处跑动,父母可能觉得宝宝坐不住,与宝宝的阅读就只能是空谈。这个问题父母大可不必担忧,宝宝在生理发育的同时,心理也在不断地发育,思维、认知能力也在不断地发展。其实,宝宝过了2岁,就有了空间知觉的能力,还逐渐有了思维的判断能力。所以这个阶段宝宝的阅读读物也主要是要求能引起宝宝的兴趣。

◆2岁宝宝的语言能力

2~3岁孩子的语言处于复合句开始发展阶段,这个阶段是儿童开始掌握最基本语言的阶段。虽然这个阶段的孩子说出的句子仍然是以简单句为主,但是此时孩子已经开始说复合句了。只不过这个时期的复合句是两个简单句的组合而已,因为此时的孩子还不会使用连词,如能说"开灯睡,我怕",不能说"要开着灯睡,因为我怕黑"。但是比起2岁以内的孩子来说,这个时期的孩子说出的句子明显加长,一般一个句子都有6~10个字。

2~3岁孩子的语言发展很迅速,在这一年中,孩子掌握的词汇总量迅猛增加,当然,各种词类的比例在一年之中也发生了较大变化。根据北京大学儿童心理学研究所所长许政援教授1996年的统计数据来看,2~2.3岁儿童总的词汇量是343个,其中名词占了63%,动词占了22.1%,形容词占了6.4%,代词占了1.7%,数词占了3%,量词占了0.9%,副词占了1.7%,连词和助词,都占了0.3%,叹词占了0.6%。但是2.6~3岁孩子的总的词汇量是962个,其中名词占了59.8%,动词占了25.9%,形容词占5.3%,代词和数词都占1.3%,量词占1.8%,副词占2.3%,介词和连词都占0.4%,助词占0.5%,叹词占1.0%。根据这些数据，我们可以看出，3岁左右的儿童已掌握了母语中最基本的语音。

◆2岁宝宝的想像能力

2~4岁是小孩子想像力最丰富的时期。而2~3岁是小孩子想像力开始出现的阶段，他们会把一种东西，想像成另外一种东西，如会把弯弯的月亮想成指甲，会将黄豆芽想成绳子，把一个方形的盒子当成手提电脑等。这个时期孩子想问题和解决问题的方式还处于直觉行动思维阶段，也就是说思维与行动紧密联系，在行动中思考，没有了行动便不再思维。

◆2岁宝宝的思维能力

3岁前后的小孩子已经可以通过对事物的分析比较，逐渐从具体的区别上升到抽象的区别。这个时期最明显的就是孩子开始分辨什么是好，什么是坏了，渐渐产生总结和概括的能力，这就是孩子思维力的发展。当然前面谈到的想像力与思维也有关系。

你 知 道 吗

想像力虽然与先天素质有关，但是后天的影响也是不容忽视的。特别是大人讲的故事最能启发孩子想像力的发展，或者让孩子看很多的图画书也能培养孩子的想像力。如果一个孩子很少接触图书和故事，也缺乏孩子之间的互相影响，这种孩子的想像力就会较为贫乏。

○ 2 岁宝宝读物的特点

根据 2～3 岁宝宝的心理和生理发育的特点，这个时期的宝宝读物应该有如下一些特点：

◆内容为宝宝所熟悉

这个时期的宝宝自控能力还是很弱，如果所选读物是宝宝很陌生的，很不容易引起宝宝的兴趣；如果不能引起宝宝的兴趣，宝宝就会转移注意力去干其他事情。这样会使父母感到很没有成就感而放弃与宝宝的阅读。其实，这个时期的宝宝一方面由于生活经历的丰富，另一方面电视也在有意无意中灌输给宝宝大量的信息。所以，这个时期宝宝所熟知的内容相对来说可以说是"比较丰富"的。因此，读物的内容可以是贴近宝宝生活的内容，也可以是宝宝视觉和听觉所感受到的内容。如宝宝对动画片《西游记》感兴趣，就可以给宝宝选择《西游记》的绘画本与宝宝一起阅读。

◆有利于宝宝能力的培养

这个时期宝宝很多能力的发展处于关键期，所以，这个时期宝宝的读物无论从内容上还是从形式上都要注重宝宝能力的培养。如 2～3 岁是宝宝初学说话的关键期，所以这个时期的读物在语言方面就应该能培养宝宝正确和流畅的说话能力。在能力的培养方面，父母要注意遵循"教者理智有意，学者快乐无心"的原则，尽量让宝宝在"游戏"或"活动"中自然而然地形成某种能力。

◆读物内容仍然以画面为主

一般来说，2～3 岁宝宝既无法看懂文字，对文字内容不是很感兴趣，对一般故事的故事情节也不是特别关心，除非非常有趣的故事，宝宝就会反复不停地听。如果要从视觉上刺激宝宝,这个时期的宝宝读物还是需要用图画来吸引他。只是这个阶段孩子读物的画面要有能让宝宝具有想像的空间,不能太简单,但也不能太复杂。除了画面这个特点外,画面仍然需要有夸张、奇特和拟人化的特点,只有具有这些特点才能吸引宝宝的注意力。

◆读物内容要能帮宝宝树立科学观念

无论怎样,宝宝的读物首先要求内容正确而科学,因为宝宝是没有是非观念的,他接触的世界是个什么样子,他的脑袋里就会呈现什么样的世界。如果通过读物给宝宝的大脑输入错误的东西,那么对宝宝日后的发展就会造成很大的负面影响。所以,给宝宝购买读物,父母不应该只看表面就放入口袋付钱了事;而应该根据自己的生活经验和自己对科学知识的了解,仔细审查读物的内容。这种要求对繁忙的家长来说有点苛刻。但是为了给宝宝树立科学的观念和给孩子正确的知识,付出努力和时间是值得的。

一般来说,科学的道德观念、科学的生活习惯和一些简单的是非观念是父母应该注意在这个时期培养的。这也是很基本的,父母给宝宝买读物的时候也是可以辨别的。

◆对前一阶段读物内容的延续

这个时期宝宝阅读读物的内容很多要延续前一阶段的内容。例如儿歌、童谣仍然是宝宝最喜欢的,如果父母想让宝宝在这个时期接触母语之外的另外一种语言,还可以在宝宝学会背母语儿歌后教宝宝背英语儿歌。当然有些内容是宝宝已经熟悉的,但可能他还想反复不停地看,反复不停地缠着你给他讲同一题材内容,甚至是同一个故一个内容。父母也要满足宝宝的这一要求。

◆读物不一定是幼儿读物

对小宝宝来说,获取知识的途径是很多的。而且

潜力也是很大的,所以有时候也可以将其他读物抛给宝宝,如果他感兴趣就可以一起分享。你不要担心那么小的宝宝,给他那么多的知识会对其身心造成伤害。要知道,小宝宝的保护机制是很强的,如果他觉得受不了他就会烦躁,或者打哈欠,甚至睡着了,将自己彻底保护起来。所以,只要是小宝宝感兴趣的,都可以适当让宝宝了解。

○ 2岁宝宝读物的类型

2岁宝宝读物的类型与1岁宝宝读物的类型差不多,只是在内容上要丰富一些,而且内容也不能完全一样。这个时期父母要给小宝宝选择外语读物,外语读物从形式上分,也可以分成挂图类、卡片类、书本类(绘图本)、有声读物、卡通读物等。当然,市场上书的种类繁多,在人们不经意间又可能增加一些图书的类型。所以,有了宝宝的父母把逛书市也要作为日常生活的一个内容。如果发现有新的类型出现,就可以看看是否适合自己的宝宝。

○ 我的选书经验

图、卡片类

贴帖宝宝乐》挂图

次动手,也喜欢自己做一些事情,父母可以按照这套挂

以下推荐信息仅代表作者个人观点，以供年轻父母购书时做适当的参考。购买图书时，请特别注意以下几点：

①一定要买正规出版社的图书，最好是知名出版社。

②到正规书店购书，不要贪图便宜到"地摊"上买书。

③图书印刷清晰，图文均无模糊缺损现象。

④内容正确无误，杜绝"错误连篇"的图书。

图每页所提供的操作方法让宝宝去接触事物和认识事物。此挂图共9页，基本遵循由浅入深的原则设计认知内容，父母应该结合自己孩子的实际能力情况灵活安排使用。

•《宝宝学习挂图·瓜果篇》(注音版）

这套挂图内容是宝宝所熟悉的如苹果、香蕉、葡萄、西瓜等水果，画面实物感强，配有汉字和拼音。2 岁宝宝的挂图可以是一幅挂图上承载着较多的内容，与 1 岁以内宝宝挂图是有区别的，1 岁左右的宝宝的挂图要求在一张较大挂图上一般只有单个或少数的内容。如果觉得宝宝对昆虫感兴趣，妈妈还可以给他选择另外一幅《宝宝学习挂图·昆虫篇》(注音版)。

•《宝宝认知百科：大卡、挂图、图画书》

这套书卡一共分为三个阶段：一是视觉刺激阶段，这个阶段在前面已做了介绍；二是色彩和图形识别阶段，这个阶段也在 0 岁宝宝的读物中谈到；三是图画书阅读阶段，适合 1 岁以后的宝宝阅读。

•《智慧游戏卡》

这种卡片系列由《形形色色》、《蔬果派对》、《我爱 A、B、C》三套组成。适合 2 ~ 6 岁的宝宝与妈妈一起游戏。

◆绘本、故事类

● **《玩具总动员》**

这是一本 4 开的"大书",由意大利托尼·沃尔夫绘画。这本书"人物众多,场景宏大,而托尼·沃尔夫却把画面打理得井井有条,一个个小动物栩栩如生,跃然纸上"。这样的书会让小宝宝产生爱不释手的感觉。另外书中的画面还会引起宝宝无限的想像。这本书适合 1～5 岁的宝宝与妈妈一起欣赏。

● **《奇趣动物大世界》**

这也是与玩具总动员一样的 4 开"大书",这本书由 G.B.伯特利·R.萨布里克绘画,本书的特点是:采用"7 个对开的大幅图解展示了沙漠、沼泽地、大草原、山脉、森林、冻原和天空七种不同的生态环境,介绍了其中生活着的形色各异的动物及植物(摘自书中说明)。"这本书的每一页都充满了乐趣,适合 1～6 岁儿童阅读。

● **《贝贝熊丛书》**

这套丛书共有 30 册,每册 30 页,适合 2～8 岁的孩子。其内容讲述了每个孩子在成长过程中都会遇到的种种令父母头疼的问题,如怕黑、偏食、见啥要啥、说谎等等。本丛书通过幽默的故事从多角度教育宝宝,最后还给出了"小孩守则"。对教育小孩子来说,这是一套实用性较强的书。

● **《鳄鱼怕怕牙医怕怕》**

这本书配有中英文两种文字,适合 2～6 岁的孩子阅读。这本书是由日本著名的绘本作家五味太郎编写的。这本书让宝宝在有趣的故事和绘画中养成刷牙的好习惯,也让他们了解到保护牙齿的重要性。另外本书中的图画除了能供宝宝和妈妈欣赏之外,还可供小宝宝学习画画。是一本具有多种用途的儿童书。

● **《蚯蚓的日记》**

这是一本极为有趣的图画书,也非常适合亲子共读。因为在书中很多内容作者只是点到为止,给阅读者留下了很大的想像空间,小孩子的优秀读物想要的就是这种效果。但孩子的想像的翅膀需要父母帮助打开，所以，在引导孩子阅读这本书的同时，父母还要帮助他展开丰富的想像。通过本书的故事情节，还可以培养宝宝乐观的态度和多元思考的习惯。

● 《要是你给老鼠吃饼干》

这本书的故事非常有创意，是一个接龙故事："如果你请一只老鼠吃饼干"，那么接下去会怎么样？老鼠会要牛奶；给了牛奶又会怎么样？老鼠又会要吸管……如此类推，直到老鼠重新回到要饼干要牛奶为止。"故事本身"充满了关联性的逻辑推理和跳跃式的自由想像，使阅读变成了一种游戏，一种创意想像"。这样的编排方式不但给孩子一个自由想像的空间，也能引起孩子强烈的好奇心，使得宝宝对这本书"情有独钟"。

● 《聪明豆绘本系列》

这套绘本包括《咕噜牛》、《女巫扫帚排排坐》、《城里最漂亮的巨人》等。绘本的文字朗朗上口，深受小孩子的喜爱；插图既幽雅又诙谐，具有文学性、艺术性、音乐性和浓浓的趣味性等特点。所以，这本书除了让宝宝听有趣的故事，还可以引导他欣赏其中的图画。

● 《可爱的鼠小弟》绘本

这是一个系列绘本，是日本儿童绘本中的经典作品，目前在中国出版的共两辑12册：第一辑包括《鼠小弟的小背心》、《鼠小弟的又一件小背心》、《想吃苹果的鼠小弟》、《鼠小弟和鼠小妹》、《鼠小弟，鼠小弟》、《又来了！鼠小弟的小背心》；第二辑包括《鼠小弟的生日》、《打破杯子的鼠小弟》、《鼠小弟和大象哥哥》、《鼠小弟荡秋千》、《鼠小弟和音乐会》、《换换吧，鼠小弟的小背心》。作品的成功在于，孩子们容易将书中喜怒哀乐的感情与自己的生活经验联系起来，体会生活中的种种感情。另外作品幽默的语言和离奇的故事情节，对培养小孩子的幽默品位也很有好处。绘画方面，作者采用素描式的绘画风格，画面简单明了又很生动，小孩子单从画面上，就能基本读懂故事。

●《快乐的戴西和杰克》

这是一套双语丛书,讲述两只可爱的小熊的故事。对于在学第二语言的宝宝来说,听听双语故事能增加对另外一种语言的语感,这套书适合2~6岁的宝宝与父母一起阅读。丛书分5册:《奇妙的派》、《在花园》、《数爬虫》、《马戏团》和《戴西去购物》。

◆ 智能拓展类

●《幼儿发散性思维训练》

这是一套关于儿童思维拓展方面的读物。丛书按照年龄阶段分为1~2岁段、2~3岁段、3~4岁段、4~5岁段、5~6岁段,共5本。这套读物的特点是:书中图文并茂,配有"父母提示"、"目标"和"亲子游戏玩法"等版块,很适合亲子共读。在阅读的过程中,宝宝不但可以欣赏画面,还可以与父母在户外一起活动做游戏。

●《涂涂画画·亲子乐园》

这套绘画书包括的内容非常丰富,有"美丽的家"、"美味的食品"、"美丽的大自然"、"神奇的车船"、"武器兵团"、"恐龙家族"等。其特点是:书中备有透明纸,以便让小宝宝仔细观察后学习画画;还配有拼音和汉字,宝宝在画画的同时还可以学习认字。是一套多功能用途的书。

●《猜谜认知宝系列》

这套书的独特之处在于书被设计成抽拉形式,在阅读的过程中,不仅能带给小孩子认知的快乐,还有手动操作猜谜的新奇。

●《蒙台梭利快乐课堂》

这套书按照年龄段分为2~3岁、3~4岁、4~5岁、5~6岁,共4本。内容包括对不同年龄段的孩子的语言训练、数学训练、感官训练和日常生活训练。这些训练都有很强的可操作性,虽然蒙台梭利的教育方法是在半个世纪以前提出来的,但是她的教育理念,尤其是"儿童的创造性潜力、儿童的学习动机以及作为一个个人权利的信念"是我们现代家长必须要接受的。

这套书能帮助年轻的父母理解蒙台梭利的教育精髓。这套书还有一个特点就是在每一个单元都设有"专家教室"和"亲子话题",这些栏目的设计可以帮父母明确具体的操作步骤和所要达到的目的。

你 知 道 吗

　　我们对孩子的教育不应该是盲目的,父母应非常明确要把孩子引向何处,或者不应该将孩子引向何处,这是每一个做父母的都该思考的问题。

【四】3～6岁宝宝的读物

4岁半的儿子很害怕恐龙,但是他还是很喜欢买关于恐龙的书,这些书上多是对恐龙的介绍,没有故事情节,但是他却非常感兴趣。

美国《侏罗纪公园》的恐龙模型要在本地的文化公园展览一段时间,儿子知道了又兴奋又害怕。因为他很想去看恐龙,毕竟孩子对新奇的事物是很感兴趣的;但是他确实又很害怕恐龙,毕竟恐龙的样子还是很吓人的。

在这个时期,他让他爸爸买了很多的书来了解恐龙,每天都要求我们念给他听,总是不停地问关于恐龙的生长特性、生活习性等知识。

准备了很长时间之后,他终于感觉自己有勇气去面对了,我们就买了门票进去参观。进去之后,他不断地鼓励自己不怕,参观完了"全部的恐龙"。

这就是书籍给他带来的力量!

○ 3～6岁宝宝的发育与阅读

3岁左右儿童的动作发育已经进一步成熟,而且更加复杂化,这就为儿童活动的发展提供了可能。而儿童丰富的活动内容,也可以反过来促进幼儿各种动作的发展和成熟。当然,儿童的活动其主要形式有游戏、学习和劳动,心理学上强调,其中游戏是幼儿最基本的活动,所以，3~6岁孩子的亲子共读中仍然不能缺少游戏式阅读，而各种阅读读物的内容也不能没有游戏的成分。

要了解3~6岁孩子的发育，就要了解这个时期幼儿学习的特点：3岁以后的儿童，由于身心两方面的发展，使他有可能在一定时间内、一定程度上进行一些有目的的学习活动。而幼儿的学习活动，不是儿童的主导活动，学习的目的之一在于对儿童进行最基本的动作技能训练。

◆3~6岁宝宝的语言能力

3岁的儿童已经掌握了母语中最基本的语音，所以3~6岁儿童的语言发展主要指口头语言的发展。这个阶段孩子语言的发展主要表现在语音、词汇、语法、表达等方面。

●语音的发展

因为发音器官的成熟，4岁的儿童就能够掌握母语或者本地语言的全部语音，并能够达到发音基本正确。所以4岁左右是培养儿童正确发音的关键期，父母也必须注意这个时期儿童的发音。

●词汇的发展

语言是由词汇以一定的方式组成的，所以，词汇的发展就成为语言发展的重要标志之一。研究表明：3~7岁是人的一生中词汇增加最快的时期，7岁的时候大约增长到3岁的四倍；词类范围也扩大了，其中词的类型不断增加，各类词汇的内容也不断扩大，词汇已经从与日常生活有关的词逐步发展到与日常生活较远的词，具体说这个时期的词汇可以从日常生活用品发展到自然现象、社交、个性甚至发展到政治军事方面。这个时期孩子对词义的理解也逐步确切并加深。3~6岁的儿童对词义的理解表现出两个特点：一是从理解具体意义的词到理解抽象意义的词，所以要让他们多接触具体意义的词；二是从理解词的具体意义到理解词的抽象意义，整个学前期，孩子对词的抽象意义的理解都是比较困难的，而儿童对词的抽象意义的理解是随着儿童抽象思维的发展而发展的，所以父母在教育的过程中不要太着急。

● 阅读能力的发展

3～6岁的孩子在阅读能力方面,无论从语言方面讲还是从感知方面、思维方面讲都已经能够阅读了。值得父母注意的是:这一时期的阅读活动是真正意义的阅读准备期,这一时期孩子的阅读发展水平可以直接影响孩子入学后的真正意义的阅读能力的发展。

孩子在这个时期阅读的材料仍然是图画材料,而阅读的方式除了亲子共读外,还可以自己看图画内容。这个时期孩子的阅读又可以分为三个阶段(以孩子阅读图画为例):第一个阶段主要是分析阶段,也就是"给事物命名"的阶段,3岁左右的儿童喜欢说"这是什么,那是什么"就是这个原因;第二个阶段是综合阶段,这个阶段孩子可以将图画上的内容经过组织后表达出来,只是表达得不太连贯,也不是很准确;第三个阶段是分析综合阶段,这个阶段的儿童可以将看到并理解了的内容表达出来,这个阶段的表达不仅具有了情景性,而且还有了连贯性。

因此,3～6岁的孩子不但要加强阅读的训练,而且要训练孩子的表达能力,鼓励孩子把看到的、理解到的尽量用较准确而连贯的语言表达出来。

◆3～6岁宝宝的创造能力

创造力无论对一个民族的发展来说,还是对个人的发展来说都非常重要。而幼儿期被认为是创造力的萌芽时期。研究者研究分析发现,幼儿幻想中创造性思维成分随着儿童年龄的增长而增多,精细性也不断提高。科学家还研究发现,4岁的儿童在独创性、深刻性方面最强,5岁后开始下降。我国的心理学家研究也发现,3～6岁是儿童发散性思维倾向较高时期,6岁开始下降。

这些研究的结果表明,要想培养一个人的创造力和创新意识要从幼儿时期开始。这一点是需要父母引起重视的,也是需要幼儿教师引起重视的。

那么,怎样保护孩子的创造力呢,儿童创造力发展的特点是什么呢? 下面几点需要父母注意:

一是好奇心,好奇心被认为是创造力发展的起点,如果孩子把一个非常精美的玩具拆得七零八落,你不要心疼玩具,这也是因为孩子的好奇心驱使他才会这么做的。

二是创造性想像,创造性想像被认为是创造力发展的特点。关于想像前面曾经谈到过,而儿童在 5 岁的时候就能更多的应用创造性想像了。

三是探究活动,探究活动被认为是创造力发展的主要手段,幼儿园和家里的小实验是儿童探究活动最重要的形式之一。

四是积极情绪,积极情绪被认为是创造力发展的密切因素,儿童有时对即使很小的一点发现都表现得非常兴奋,可能大人会感到微不足道,但这对孩子创造力的发展却密不可分。

五是创造力发展过程充满矛盾性,矛盾性主要来自成人的教育方式与儿童创造个性之间的矛盾。

国外有关专家研究表明,与创造性最有关联的是发散性思维,发散性思维就是对一个问题的解答,从多种角度去思考、去探索,寻找多样性解决方案的思维。在阅读中,父母都要鼓励孩子对一个问题的答案进行多方面的思考以培养孩子的发散思维。

◆3～6岁宝宝的思维能力

3 岁以后的孩子可以依照头脑中已有的东西和眼前的具体事物展开联想。这个时期孩子的思维活动必须依靠一个具体的形象展开,但是孩子的思维力已经开始从动作思维向形象思维过渡,4 岁就是这种思维的过渡期。5～6 岁的孩子仍然以具体形象思维为主,但已经开始出现抽象逻辑思维。

你 知 道 吗

3~6岁孩子的阅读与前几个阶段的阅读有不同的地方：一方面是小孩子可以有目的地进行一些学习活动；另一方面是小孩子在学习的过程中，大人要注意对其劳动技能的训练和培养。孩子的阅读读物的内容也要考虑这方面的内容。

○ 3~6岁宝宝读物的特点

3~6岁宝宝读物要有以下特点：

◆ 大画面

也许很多人认为，3岁以后的孩子该对文字感兴趣了吧，阅读的读物还需要什么大画面？是的，3岁之后的幼儿在生理和心理的发育上都比前几个阶段的宝宝成熟，但是，这个阶段的小孩子无论从生理上还是从心理上来讲，他们都还处于非常稚嫩的幼儿时代。另外，这个阶段的宝宝大都还不能完全靠文字阅读，所以，读物吸引宝宝的还是色彩鲜艳、生动逼真的图画。这个阶段读物的画面内容可以比前几个阶段复杂一点，而不能每本都还是宝宝已经非常熟悉的猫、狗图画了。

◆ 角色生动、可爱

无论是故事书，还是对宝宝做人做事进行教育的读物也好；无论书中人物角色还是动物角色，都要求这些角色生动可爱，呈现在小孩子面前的这些角色一定要像他们的思维那样，充满丰富的想像力。展

● 5～6岁

5 岁以后的儿童,兴趣更加广泛,注意力的持久性增强。这个阶段儿童除了继续阅读前几个阶段的读物以外,父母在这个阶段要帮助其养成一些良好的学习习惯,为小孩子上学做准备。所以那些通过不同形式描述学习方面良好习惯的一些读物,是父母必须选择的,而且一定要与孩子一起阅读并在实践中运用。关于书本形式上的特点是:书本可以在一页中有多幅图,那些图文并茂的诗歌、散文等读物都可以让小孩子选择并与父母一起阅读。

你知道吗

把握这个阶段的儿童读物的特点,密切关注孩子的发展和兴趣爱好,结合当前图书市场的实际情况,相信你所选的读物,一定会促进小孩子的健康成长。只要你按照科学的方法与孩子一起阅读,加上你足够的耐心和无私的爱心,一个具有书香门第气质的小孩子也一定会从你家诞生!

○ **我的选书经验**

◆ **挂图、卡片类**

● **《幼儿认物挂图——交通工具》**

这套挂图列举了很多小孩子感兴趣的交通工具,如航天飞船、热

以下推荐信息仅代表作者个人观点，以供年轻父母购书时做适当的参考。购买图书时，请特别注意以下几点：

①一定要买正规出版社的图书，最好是知名出版社。

②到正规书店购书，不要贪图便宜到"地摊"上买书。

③图书印刷清晰，图文均无模糊缺损现象。

④内容正确无误，杜绝"错误连篇"的图书。

气球、客机、直升机、高速列车、无轨电车、消防车、气垫船等。很多小孩子对各种交通工具都特别感兴趣，看到图画之后想见实物，看见了实物之后还想对其有更多的了解。当然，看了外表如果还想探究内部结构的小孩子，父母就应该帮助他去查找有关的资料，然后尽量用深入浅出的语言给孩子作讲解，要知道，这样做对保护和培养孩子的探索精神是很有好处的。

●《偏旁部首、笔画名称、笔顺规则挂图》

3～6岁的小孩子还没有正式学习书写，但是由于他们已经在幼儿园接受教育了，虽然没有要求小孩子写字，但是，无形中，他们会看着有些字就依葫芦画瓢的照着写，而且很喜欢写字。然而，如果没有大人的指导，他们都不是按书写规则来写的，很多字他们都是用"倒笔画"拼凑而成的，这对上小学之后的书写会造成不良影响，所以，父母要注意用正确的书写规则去引导孩子。很多父母都用一张这样的挂图来帮助孩子也是很好的办法之一。

●《说动物——凹凸版儿童认知挂图》

凹凸的版面设计富有较强的立体感，加上鲜艳的颜色刺激，小孩子除了能看看之外，还可以动手摸摸。这种挂图还适合较小的宝宝与妈妈一起阅读。另有关于数学启蒙的凹凸版儿童认知挂图，用带色彩的数字和卡通图画来加强孩子的数学兴趣。

•《30 秒智慧比拼卡》

这套卡片适合 3 岁以上的孩子阅读、玩耍。内容包括以下几类：珍藏卡、游戏卡、知识卡、故事卡、学习卡等，而每一类又包含着丰富的内容，如游戏卡中含有智力、谜语等，学习卡中包含着数学、无图识字、英语等，故事卡中包含成语故事、语言故事等，珍藏卡中包含轿车等。

这种智慧卡后面都对游戏方法做了具体而详细的介绍，父母在与宝宝一起学习、玩耍之前要认真阅读卡片的游戏方法。

◆ 科普科教类

•《儿童生命认知丛书》

这套丛书共 3 册，分别为《我从哪里来》、《我是谁》、《我到哪里去》。丛书通过生动的画面科学地阐释人的成长过程，用儿童可以接受的方式讲述了人从孕育、出生、成长、衰老到死亡的整个历程。让孩子科学地认识生命，从而珍惜生命，也很好地满足了孩子对生命强烈的好奇心。

•《生命的故事》

对父母来说，其他教育问题都好像不是太大的难题，但是在对孩子的性教育问题上总会感到很棘手。专家认为要给孩子科学的性知识，做父母的首先要认为这也是科学，跟宇宙飞船一样，你要像讲为什么飞船能上天来讲性的问题。这套书适合 3～10 岁的小孩子了解，包括《爸爸》、《妈妈》、《婴儿是从哪里来的》、《女孩子》、《男孩子》和《生命的诞生》等 6 本。书中用通俗的语言科学地讲解了人体与性的知识，书中还解答了家长对儿童性教育的迷惑。

•《好奇之问：画说最有趣的为什么》

小孩子总是有问不完的问题，而随着他们年龄、知识和生活阅历的增长，所提出的问题，父母是不是感觉有时也难以招架？如"人为什么长两只耳朵？"这些看似普通的问题，大人连想都没想过的问题，就更不知道从何处回答了。这本书选取了孩子们最好奇、最感兴趣的 93 个问题，同时配以生动的图画，帮助繁忙的父母对这些问题做准确的回答。

●《我想知道为什么》

这是一本畅销全世界的儿童百科类图书,适合3~12岁的孩子阅读。这本书涉及的知识面很广,从儿童的角度解释了有关大千世界的很多问题,能很好地满足孩子的好奇心,还可以培养孩子丰富的想像力,培养他们从小探索未知世界的兴趣。

●《我的第一本乐如思卡通小百科》

这本书以讲故事的方式、浅显幽默的语言和活泼夸张的漫画阐述了人体、城市、交通工具、自然、气候、动物、植物、地球以及宇宙等方面的知识。这可以满足3~7岁孩子强烈的好奇心。

◆ 绘本故事类

●《晚安故事》

这套书由浙江少年儿童出版社出版,一共5册,其中包括《会走路的树》、《九只老鼠藏起来》、《蓝袜子里的秘密》、《七睡仙》、《沙漠中的企鹅》,而每本书又有44个故事,这些故事适合3~7岁的小孩子在睡前与父母一起分享。这些故事是小孩子在睡觉之前喜欢听的故事,因为这些故事具有温馨、气氛轻松、语言优美等特点。而那些精彩的插图,更会让小孩子展开丰富的想像,让这些喜欢想像的小家伙们插上想像的翅膀进入甜蜜的梦乡也是本套书的一大特点。

●《彩色森林童话故事系列》

这套丛书曾经获得"全国优秀少儿图书奖"。这套书是引进意大利达米出版社版权出版,本套书适合3~10岁小孩子阅读。这套书包括《森林传奇》、《魔法小精灵》、《智闯魔窟》、《寻找快乐泉》、《小恐龙落难记》等11册。这套书中的童话故事充满了童趣,内容精练,富有想像力。而由意大利著名画家托尼·沃尔夫(前面曾经介绍过)所作的插图更使小孩子对这套书爱不释手。

●《噢,原来如此》

本书是英国诺贝尔文学奖获得者吉卜林专门为孩子写的一本动物故事集,这本故事集适合3~8岁的小孩子阅读。书中的故事充满了作者奇妙的想像力,加上他幽默风趣的文笔,所以这些故事被世界各国的小孩子所喜爱。看看目录你就知道故事原来真的很吸引人:"大象的鼻子为什么这么长?鲸鱼的喉咙为什么这么小?骆驼为什么会有驼峰?犀牛皮肤上为什么有许多皱纹?豹子身上的黑斑是怎么来的?……"

●《顽皮的泰迪熊》

这是一套双语故事书,适合 3～10 岁的孩子阅读,特别适合那些正在学习英语的小孩子阅读。丛书包括《泰迪熊的野餐》《泰迪熊海边历险记》《泰迪熊和我》等共 7 册。

●《抱抱丛书》

这套丛书曾获 2003 年"冰心儿童图书奖",是由我国儿童文学家用地道的中文原创的一套优秀童话故事丛书。这套丛书适合 3～9 岁的小孩子阅读。这套丛书包括《大狗喀啦克拉的公寓》《最快乐的一天》《小蛋壳历险记》《小木偶山米》《飞上天的鱼》《吃黑夜的大象》《第十二只枯叶蝶》等共 7 册。

●《看看丛书》

这套丛书跟抱抱丛书一样,都获得过 2003 年"冰心儿童图书奖"。这套书一共 6 本,适合 4～10 岁的儿童阅读。其中包括幽默童话——《鸡毛鸭全传》、奇趣童话——《女孩子来了大盗贼》、神秘童话——《寻龙探险记》以及"中国动物小说之王"沈石溪的 3 本动物故事书:《动物神奇故事》《动物智慧故事》和《动物亲情故事》。

◆ 智能拓展类

●《快乐游戏丛书》

这套丛书包括《动脑游戏》《观察力游戏》《动手游戏》《数字游戏》《智力游戏》《创造力游戏》《数学游戏》《注意力游戏》等共 8 册。适合 3～6 岁的学前儿童在父母的指导下一起操作。游戏是学前幼儿学习的主要方式,通过有趣的游戏,使儿童获得认识和创造的乐趣,在轻松的游戏中获得知识和能力。

●《道德教育童话书》

这套书由北方妇女儿童出版社引进台湾版权出版。从小对小孩子进行道德教育是必须的,一个让父母感觉理想的孩子,一定是一个道德很高尚的孩子,而高尚的道德情操需要通过教育才能养成。对小孩子来说,通过图画书教育是一种很有效的教育方式。当然,图书市场还有一些通过故事等多种形式来帮助孩子养成良好道德品质的书,父母可以适当选择并在生活中教育孩子。

●《手指猜猜书》

这套书分为 3~4 岁(包括数的概念、生活能力、动物植物)、4~5 岁(包括生活能力等)和 5~6 岁(包括身边科学、逻辑思维等)等年龄段。丛书最大的特点是在设计上打破孩子常规的思维方式,使其从中得到学习的乐趣。

●《彩图中华美德故事》

对儿童的道德教育也是不容忽视的,特别是一些中国的传统美德。在当今社会中好像受到了冲击,但如果仔细研究,你就会发现,凡成大业者,在他们身上总会找到诸多的优良品德。这套美德故事包括正直、毅力、英勇、智慧、勤学、谦逊、爱国和孝顺等内容,使小孩子在故事中陶冶情操,养成良好的品德。

●《数学概念童话》

这是一套有关测量概念的儿童数学启蒙故事书,适合 3~9 岁接触数学概念的孩子,这套书一共有 5 册。本书的特点是以童话故事的形式来说明人们日常生活中经常用到的测量长度、体积、面积、重量等数学概念。让孩子在充满神奇的童话中很自然地就掌握了这些数学概念。

第三篇 与0岁孩子共读

0岁宝宝能阅读吗？这是很多人喜欢提出的一个问题。但是，如果不相信0岁宝宝能够通过阅读感知世界，那么胎教就只能是无稽之谈了。

事实证明经过胎教的婴儿在降生后显示出神奇效果的事例，"斯瑟蒂克胎教"就是其中一例，斯瑟蒂克夫妇用"斯瑟蒂克胎教法"培养出了四个"神童"。培养一个"神童"可以说是偶然，但是用同样的方法培养出了四个"神童"，就只能说明这种胎教方法确实有其神奇之处。既然胎教就能产生如此显著的效果，那么对0岁宝宝进行阅读教育也就是可能的，而且是必需的，关键的问题是"0岁宝宝的阅读该怎样进行"。

只要父母心中有0岁宝宝可以阅读的观念，那么有关0岁宝宝阅读活动的具体实施，阅读了这一章的内容后你就会对这个阶段亲子共读的实际操作有很明确的认识。

◆ 给0岁宝宝看挂图

◆ 给0岁宝宝读儿歌

◆ 教0岁宝宝识字

◆ 给0岁宝宝讲故事

【一】给0岁宝宝看挂图

儿子两个多月的时候，有一天我给他喂了奶，准备抱他出去玩。可是一走出门他就哭，回到屋里就不哭了。这让我感到特别奇怪，也不知是怎么回事。

后来，我发现他将头转向墙上一张娃娃脸的挂图。哦，原来他对那张曾经在胎儿时就经常看的娃娃(胎教时用的挂图)产生了兴趣。看见了"老朋友"，当然要"寒暄"一阵。

我把他抱近挂图，指着挂图，看着宝宝的眼睛，对宝宝说："这是小哥哥，好久没见了，对小哥哥说'你——好，小——哥——哥'"。他手舞足蹈地"呜呜"一阵，很兴奋的样子。看了一会儿后，我们出门，他再也不哭了——很奇怪的事。后来宝宝卧室里增添了很多挂图，他有时还对着挂图不停地"叽叽咕咕"说着什么。

咱家宝贝开始读书了！想起这件事情，我和他爸爸就像捡了个大便宜似的一阵窃喜……

○ "阅读"人物挂图

宝宝的婴儿床上除了挂有五颜六色的各种玩具外，别忘了在床栏右侧离宝宝眼睛20厘米处开辟一块空间，挂上父母的黑白免冠照片，照片的特点是尽量大一点，重点突出父母的脸。如果父母的照片不能足够大，选择模拟父亲、母亲的脸的黑白挂图也可以。除了挂"人物头像挂图"之外，还要挂一些不同形状的黑白挂图。

挂图做好了，挂在婴儿床上，在宝宝醒着的时候，妈妈就要陪宝宝一起"阅读"这些挂图了——这是亲子共读的开始。希望妈妈与宝宝的合作有个良好的开端！

下面是人物头像挂图实战阅读举例：

首先，准备好挂图或照片，播放胎教时的轻柔音乐。

然后，妈妈指着自己的照片或妈妈的模拟挂图，用温柔、慢节奏的声音对宝宝说："亲爱的宝宝（或婴儿的乳名），父母喜欢你，看看，这就是妈妈，妈妈很爱你。"

接下来，妈妈用手指着自己的脸，对宝宝说："乖宝宝，我是妈妈，妈妈很爱你。"

妈妈也可以把脸一会儿移向左，一会儿移向右。有时宝宝会用眼睛追随脸的方向，有时连头也转过去看。这时妈妈可以拿着能发出声音的摇铃引诱宝宝作环形追视。这样既锻炼了宝宝的眼睛，也可以锻炼宝宝的颈部。

几天后，就是在宝宝对妈妈的图像注视的时间减少之后，就应该换成爸爸的图像了。妈妈用同样的语调对宝宝说："宝宝，父母很爱你，前几天看了妈妈，宝宝已经记住了，我们的宝宝真棒，妈妈今天要给你看一张新的图像——爸爸的照片（挂图）。宝宝看看，这就是爸爸。"妈妈一边指着照片（挂图），一边注视着宝宝。就这样与宝宝每天阅读几分钟，等宝宝熟悉了人物挂图之后，就可以换上其他挂图了，如形状挂图、实物挂图等。（下面将会讲到形状挂图、实物挂图的阅读）

　　父母与宝宝一起阅读挂图时要注意以下事项：

　　●宝宝卧室的灯光应该柔和，不应太暗，也不应该太亮。

　　●黑白人物头像挂图适合新生(0～30天)宝宝阅读。

　　●最好是妈妈和宝宝一起"阅读"挂图，因为新生宝宝对妈妈的声音有特殊的敏感。

　　●宝宝第一次定睛观看挂图或照片的时候，大人最好记下他能盯住几秒。

　　●如果宝宝对图像注视的时间减少，说明宝宝已经对这幅图像有记忆了，就要换一张新的(爸爸挂图)。一般来讲，每隔3～4天换一幅。

　　●妈妈在对宝宝说话时，口形可以夸张一些，还可以向宝宝伸舌头。

　　●宝宝满月后可以换上彩图。

○ "阅读"形状挂图

　　0岁宝宝对各种形状也非常感兴趣。心理学家研究发现：6周左右的新生宝宝对中等程度复杂的形状特别感兴趣，而2个月左右的宝宝对最为复杂的形状特别感兴趣(在前面的有关内容中已经谈到过)。所以父母要给婴儿在不同的阶段准备不同的形状挂图。而最好给新生宝婴儿(0～30天)准备中等难度的黑白形状挂图。每个阶段都要选择适合宝宝观察的形状挂图来刺激宝宝的视觉发育。下面是形状挂图的阅读实例：

实例1

首先准备好"同心圆"（或其他形状）挂图。待宝宝睡醒之后，利用他吃饱饭后的时间，妈妈就可以开始与宝宝一起阅读了。

妈妈用手指着挂图，眼睛温和地注视着宝宝，语调轻柔地与宝宝"阅读"："啊，宝宝吃饱喽，现在妈妈和宝宝利用这个时间开始看图了，来，宝宝，看看妈妈手指着的这张挂图，呀，这是什么呢？哦，宝宝还不知道吧？来，现在妈妈告诉你，这张挂图的形状是同心圆（准备的什么形状就说什么形状）。妈妈相信，这是宝宝很喜欢的形状之一，宝宝能告诉妈妈，妈妈说得对吗？"

如果看到宝宝在注视挂图，妈妈要有高兴的神情，并要用语言夸奖宝宝："哦，宝宝看到了，我们的小宝宝真了不起，真棒！"

对孩子来说，无论是中学生，还是婴幼儿，建议父母都不要吝啬你们的赞扬之词，而且，在孩子的婴儿时期，你们就要学会正确地夸奖和赞美孩子在成长过程中取得的任何进步和成绩。这样，孩子长大之后，父母与子女之间才有可能成为真正的朋友。这在后面的内容中还会继续介绍。

2个月以后的宝宝就可以阅读彩色复杂形状的挂图了。科学试验结果显示：11周的小宝宝对非常复杂的形状注视的时间最长。这也就说明对不同发展阶段的儿童要用不同的形状来刺激宝宝的视觉，这种刺激才是有效的刺激。对大一点的宝宝来说，挂图可以挂在墙上或报架上。妈妈可以将宝宝抱起来看。

実例2

爸爸双手托着宝宝与妈妈一起站在挂图前,妈妈用手指着墙上的复杂彩色挂图,轻声地、缓慢地对宝宝讲:"宝宝,过去的简单形状你都看过啦,你现在又长大一些了。妈妈知道你最喜欢看这些特别复杂的形状了,来,跟妈妈一起来看,哦,这张图形的形状好复杂,宝宝,看看,还是彩色的,多鲜艳的色彩呀!"如果宝宝开始注视挂图,父母要一起对宝宝加以赞扬。

2个月以后的宝宝,妈妈在对他说话的时候,要用目光与宝宝进行交流。因为2个月以后的宝宝,其视觉探索就集中在眼睛和嘴之间,这样就正好可以与妈妈的视线相对,当然也正是可以进行母子目光交流的时期。

你知道吗

父母与宝宝一起阅读形状挂图时要注意以下事项:

• 对2个月左右的宝宝来说,挂在墙上的挂图离宝宝的眼睛不要太远,远了宝宝会看不见的;对于大一些的宝宝来说,可以稍远一点,只要画面较大,宝宝也是能观察到的。

• 在与宝宝一起阅读挂图的时候,父母要有耐心,特别是2个月以内的宝宝。因为这时他们还处于视觉探索阶段,不能一下子就会看见挂图。

• 父母可以用带声音的摇铃引诱2个月以内的宝宝注视挂图。

• 每天可以多让宝宝观察几次挂图,观察的时间不一定要固定。

● 在与宝宝一起观察的时候,要对宝宝多说话,不要认为观察就是静静地看。因为 0 岁宝宝喜欢有人与他说话,这样对宝宝的语言发育也是有帮助的。

○ "阅读"实物挂图

0 岁宝宝的实物挂图内容都是日常生活中常见的一些物品。多数要求挂图图画实物感强。画面超强的实物感一方面可以引起宝宝观看的兴趣,另一方面可以帮助他熟悉一些常见的物品,知道这些物品的名称和基本的用途。对实物挂图的观察和阅读,你可以在宝宝面前将画面的东西跟实物对照,这样就更能加深宝宝对这些实物的理解。一般来说,宝宝在满月之后就能阅读彩色的实物挂图。下面是实物挂图阅读举例。

实例 1　实物对照法

准备好几幅实物挂图,动物类的、水果类的、日常用品类的还是花朵类的都可以,视宝宝的兴趣而言。另外还要准备与挂图一致的实物。这里用水果举例。

宝宝睡醒后,将其从婴儿床上抱起来,换好尿布,然后喂奶,喂完奶,检查尿布。

这些工作做完以后就可以将宝宝抱到挂图前,妈妈指着挂图上的苹果(或其他物品),轻声地、慢节奏地对宝宝说:"来,宝宝(或乳名),看看这画面上是什么,宝宝见过吗? 你看,圆圆的、红扑扑的脸蛋好漂亮,就像宝宝的小脸蛋一样。嗯,这是什么呢? 现在妈妈告诉你——这是苹果,苹果是很好吃的一种水果。"

然后爸爸可以拿出苹果,对宝宝说:"来,宝宝看看,这个苹果与这画面上的苹果一样吗? 画面上的这个苹果是不能拿

下来的,来,宝宝摸摸图画中的苹果,然后再摸摸爸爸手中的苹果,感觉怎样?"

如果宝宝对实物苹果感兴趣就可以让他将苹果当做玩具玩一会儿。等他不想玩了,就可以将苹果洗净、削皮。然后与在场的人将这个苹果分享,如果小宝宝能吃水果了,就用勺子刮点苹果汁让宝宝尝尝苹果的味道。

这样的阅读充满生活情趣,宝宝肯定会对这种阅读的方式感兴趣。在与宝宝阅读挂图的时候,除了与宝宝不停地说话外,还要有意识地训练宝宝发音:

对着2~3、4个月的宝宝念"苹果"这个词,然后发"p"音,并鼓励宝宝模仿(这个阶段是宝宝与成人进行"互相模仿"式的"发音游戏"的时期,父母要抓住这个阶段对宝宝进行练习)。这里除了练习发"p"外,还可以练习发元音"o"。将"p i n g——g u o"慢慢分开读,然后读"p"和"o"。

你 知 道 吗

0岁宝宝语言发育训练目标:

●大人说话时,宝宝在新生儿时期小嘴就能模仿开合。

●2个月的宝宝要会发两三个元音。

●3个月的宝宝会模仿发音。对大人的说话有应答能力。

●4个月的宝宝会模仿唇形,发出辅音。

●发育较好的5个月的宝宝,会发出两个双辅音。如"不,不"等。

●6、7个月的宝宝会发出3个双辅音。大人在读儿歌时,宝宝会做一种动作。

●7、8个月的宝宝会做1~3种动作表示语言。如"再见"、"不要"或者"握手"。

●8、9个月的宝宝能有意称呼一个大人，能用4种以上的手势表达语言。

●10个月的宝宝会用5种动作表达语言。

●11个月的宝宝学会称呼两个大人。

●1岁的宝宝学会用食指回答"你几岁啦？"的问题，能模仿5种动物叫。

对于4个月以后的宝宝来说，他们开始注意一句话或一段话的语调，虽然他们不懂一句话的真正含义，但是却对父母或其他成人说话时表现情感态度的语调很敏感。所以，对4个月以后的宝宝无论是说话也好，还是给他讲挂图内容也好，父母都要注意自己说话的语调。

实例2　语调表现法

宝宝睡觉时，父母可以准备一幅日常用品的挂图，如婴儿碗。等宝宝醒来，一切准备妥当后将宝宝抱到挂图前，爸爸或者妈妈拿出一个与画面内容一样的一个婴儿碗，先让宝宝摸摸碗，让他上下左右、里里外外地观察，并对宝宝慢速地说："这是婴儿碗，这里是碗的底部。"

说话时，父母要用手指碗的底部，也要让宝宝摸摸碗的底部。"这是碗口，"让宝宝的小手摸摸碗口。"这是碗的外面"让宝宝看看碗的外面（外面有花的碗能引起宝宝的注意）。

然后，指着挂图的内容，眼睛看着宝宝，轻柔地对宝宝说："不错，宝宝认识了小碗。来，现在宝宝来看看图画上是什么，跟爸爸（妈妈）手中的碗是一样的吗？对了，挂图上也是画的婴儿碗，跟宝宝的婴儿碗是一摸一样的（高兴、兴奋的语调）。现在宝宝来摸摸图画上的婴儿碗，感觉不一样吧！"

如果宝宝对你说的话作出反应,无论是表情还是嘴里发出的声音,爸爸或妈妈(或其他照顾宝宝的人)都要用愉悦的语调跟宝宝说:"啊,宝宝挺不错的,就要跟妈妈对话了,是吗?我们的乖宝宝。"

如果挂图下面有儿歌的,还要给宝宝阅读儿歌,如"婴儿碗,作用大,宝宝吃饭不离它"等。没有儿歌的,也可以说说他的用途,如"要开饭了,婴儿碗快来呀,帮宝宝把饭盛起来"。吃饭时,还要指指挂图上的婴儿碗,然后指指桌上的婴儿碗,带着宝宝腔对宝宝说:"宝宝,看婴儿碗多好,每天吃饭的时候它都陪着你,你要与它做好朋友哦。"

你知道吗

婴儿对语调的注意分为以下几个时期:

●4个月的婴儿对愉悦和冷淡的语调有反应。

●大约6个月后的婴儿才能同时感知三种不同的语调。

●6个月后的婴儿会用微笑对愉悦的语调作出反应;会用平淡对冷淡的语调作出反应。当婴儿听到恼怒的语调时,他们会表现出紧张和害怕,或者会发出类似发脾气的声音作出反应。

实例3　儿歌阅读法

在宝宝睡觉的时候准备好一幅或几幅动物挂图,等宝宝醒后,将宝宝尿布换好,喂饱奶。

休息一会儿后将宝宝抱在挂图前,指着挂图上的狗(或其他动物)对宝宝说:"来,妈妈的乖宝宝,今天妈妈要和你一起认识一个新朋友,看看,这图画上是什么,哦,我们见过没有呢?"

如果宝宝感兴趣就继续说,不感兴趣就"汪汪"地叫几声。"听到了吗, 它就是这样叫的, 它就是我们最忠实的朋友——狗。""知道小狗是怎么叫的吗?""来,跟妈妈一起学狗叫——汪汪汪"。

也许, 开始的时候宝宝不会立刻就学,但是你一定要有耐心,过几天小宝宝就会跟着你学的,到时候,你一定会有一种成就感。孩子的第一位老师——父母一定要有足够的耐心和爱心。

学会了一种动物的叫声,就开始学另外一些动物叫。当然,也可以将儿歌与认动物以及动物的叫声结合起来学习。

这里推荐一首动物叫的儿歌:

小猫叫:"喵喵喵"

小狗叫:"汪汪汪"

小羊叫:"咩咩咩"

老鼠叫:"吱吱吱"

小鸭叫:"呷呷呷"

小鸡叫:"叽叽叽"

老牛叫:"哞哞哞"

老虎叫:"唬唬唬"

小鸟叫:"啾啾啾"

火鸡叫:"咕噜咕噜"

青蛙叫:"呱呱呱"

妈妈在与宝宝一起阅读挂图的时候,就可以将相应动物的叫声用儿歌的方式念出来。

你知道吗

用儿歌阅读法阅读挂图的时候要注意以下几点：

● 开始不要贪多，先学一种。

● 一定要看图学叫。

● 妈妈可以说前面的，宝宝学叫。如妈妈说"小狗叫"，宝宝叫，"汪汪汪"。

● 还可以让宝宝学会日常生活的一些声音，如"下雨啦"，"哗哗哗"，这样做的目的是增加宝宝对模仿声音的兴趣。

● 还可以与宝宝做辨别是谁的声音游戏，这样的游戏为宝宝今后学习给事物分类打下基础。

【二】给 0 岁宝宝读儿歌

刚开始时,我给儿子阅读了很多的童谣,感觉他接触儿歌、童谣也有一段时间了,好像没有发现有什么变化。

但是,有一天……

看着小宝宝好像老是心不在焉的样子,我很是泄气,将《小老鼠,上灯台》的儿歌给他阅读了一半就"啪"一声合上书本,准备干自己的事了。我刚站起身准备离开,儿子放下手中的玩具,哇哇地哭了起来。

这是怎么啦!我连忙转身将儿歌书打开继续与他阅读,还没有读完,我又假装起身要走,他又哭起来了,如此反复几次。直到阅读完了这首儿歌,还读了几首,看到小家伙很是满意的样子,我对他说:"儿子乖,今天就读这么多,明天妈妈再与宝宝一起读。"

童谣和儿歌的节奏感很强,读起来朗朗上口,小宝宝很容易对这类形式的阅读产生兴趣。特别是在宝宝对有的儿歌、童谣熟悉之后,更是希望大人不断地读给他听。我算是摸到小家伙的脾气了。

○ 为儿歌或童谣配乐

儿歌、童谣的种类很多,但是正如在前面谈到的一样,无论是 0 岁

宝宝的儿歌也好、童谣也好，都有节奏明快、词句简单、内容紧密结合宝宝生活实际的特点。因此，父母在为孩子读儿歌、童谣的时候，可以在一旁播放节奏明快的音乐，或者直接使用胎教音乐，下面是这种阅读方法的实例。

实例1 配乐儿歌

父母在宝宝睡觉的时候，或者在宝宝睡觉前，可以为宝宝选择好要阅读的儿歌，以及适合这种儿歌的音乐。

待将宝宝收拾妥当之后，双手将宝宝抱在怀中，先让宝宝听一会儿音乐，最好是宝宝熟悉的音乐，特别是出生不久的宝宝，最好采用宝宝在妈妈腹中常听的胎教音乐。

听音乐之前，妈妈要与宝宝交流："宝宝，来，和妈妈一起听听你以前常听的音乐。"然后一边听一边问宝宝："听，多熟悉的音乐，宝宝想起来了吗？"妈妈可以在与宝宝听音乐的同时，用手轻轻地拍宝宝，也可以随着音乐的节奏与宝宝轻轻摇动。

等宝宝听了一会儿音乐之后，妈妈可以拿出儿歌书，指着要阅读的儿歌对宝宝说："宝宝，今天妈妈要和你一起阅读这首儿歌，看看，是一首什么名字的儿歌呢？哦，这不是一个小娃娃在看画报吗？来，宝宝给这个儿歌起个名字吧！"

如果宝宝已经能"嗯嗯"或"哦哦"地应答你，你就要说："哦，宝宝是不是给这首儿歌叫做'哦哦'呢？嗯，不错，妈妈相信宝宝将来会给这首儿歌起更好听的名字，妈妈给这个儿歌的名字起名叫《看画报》。怎么样？"

"咦，画报上画的什么呀？这个小娃娃看的画报跟宝宝看的挂图一样(如果已经阅读过这种挂图，就该这样引导)，哇，是最好吃的大苹果！"

"好了，请宝宝的胎教音乐帮忙，妈妈为宝宝阅读这首儿歌：

小娃娃,看画报,睁大眼,仔细瞧:

大苹果,圆又圆,宝宝尝,甜又甜。"

一首儿歌开始可以给宝宝多读几遍,有时别看宝宝不在意,你就会认为所做的一切失去了意义,千万别这样想。因为婴幼儿学习的特点都是以无意学习为主。一定要坚信:你的努力在孩子发展到某个阶段后,一定会产生神奇效果!

实例2 配乐童谣

童谣,一般市场上有专门的磁带或者歌碟,如果父母对唱歌不是很感兴趣,给宝宝阅读童谣的活动可以让磁带或者光碟替代。如下面这首童谣:

布娃娃,布娃娃,

大大的眼睛黑头发。

一天到晚笑哈哈,

又漂亮来又听话。

我来抱抱你,

可爱的布娃娃,

我愿意做你的好妈妈。

父母其实可以和着节奏明快的音乐唱儿歌。如果不会唱,可以利用磁带唱,磁带中都是小孩子唱的,充满童趣的童谣配上甜甜稚嫩的童声,小宝宝会更加喜欢的。但是父母要带领小宝宝一起听:将宝宝轻轻地抱在怀中,宝宝手中可以拿一个他平时最喜欢的布娃娃。一边听一边帮助宝宝找布娃娃的眼睛和头发,还要帮助宝宝抱好布娃娃。

如果妈妈学会唱童谣了,就可以在任何时候唱给宝宝听了,也不受地点等条件的限制。宝宝听多了,等他能说话了,很快就会背诵这些儿歌或者童谣了。

你知道吗

各种类型的儿歌都可以配乐阅读，音乐不但可以陶冶一个人的情操，而且很多研究还表明，优美的音乐还能促进宝宝大脑的发育。所以，在很多阅读中，我们都提倡有音乐相伴。

配乐儿歌、童谣阅读时要注意下列事项：

● 音乐要选择适合宝宝听的音乐，不能选忧伤而沉闷的音乐。

● 用磁带带读的，妈妈与宝宝一定要动起来。随着音乐的节拍摇动也可以，不要静静地坐在那里；如果这样小宝宝一会儿就会没兴趣了。

● 带领宝宝阅读儿歌童谣不是打发小孩子的时间，阅读儿歌的作用一方面增强宝宝的语言感受力，另一方面可以让宝宝感受人间的真、善、美。

● 配乐儿歌童谣还可以增强宝宝的节奏感。

○ 阅读时加入动作表演

1岁左右的宝宝要学会听儿歌做动作表演，因此，在为0岁孩子读童谣儿歌时，可以有意识地进行这方面的训练。我们把这种阅读方法叫做动作表演法。动作表演法可以增强宝宝的音乐节律，通过学儿歌做动作，还可以测试出宝宝对音乐或者舞蹈是否有特殊的才能。如果发现宝宝在这方面表现特别出色，就要及早对其进行培养，不要让宝宝的天赋浪费掉而留下遗憾。

实例1

在空闲的时候，父母要为表演的儿歌编一套表演动作。等宝宝吃饱了，换上新的尿布，然后将宝宝放在床上，妈妈也坐在床上。宝宝和妈妈也可以坐在地板上（地板上要放上垫子）。妈妈开始示范表演动作，如要表演下面这首儿歌（配有表演动作）：

宝宝，妈妈亲亲你。

宝宝呀，妈妈亲亲你（动作：走近宝宝）。

亲亲你的额头（亲亲他的额头），摸摸你的眼（轻轻摸摸宝宝的眼睛）。

亲亲你的鼻子（亲亲他的鼻子），摸摸你的耳朵（轻轻摸摸他的耳朵）。

亲亲你的嘴巴（亲亲他的嘴巴），摸摸你的脸（轻轻摸摸他的小脸）。

这首儿歌的动作表演非常简单，适合较小的宝宝表演，动作大且复杂的儿歌表演需要宝宝能够活动自如才能做，如宝宝会爬，或者会走。

宝宝在学走路的时候，也可以用编有表演动作的儿歌引起宝宝走路的兴趣。宝宝在刚学走路的时候，要手扶物体训练一段时间才能独立行走。一边学走路一边表演儿歌，可以帮助宝宝克服怕摔的恐惧心理。下面这首儿歌就可以将宝宝学走路编成表演动作。

实例2

首先准备好宝宝可以扶的物体，如板凳，或者比较稳固的桌子等。妈妈双手扶住宝宝的上臂，让宝宝双脚落地慢慢走。走几步，要夸奖宝宝："宝宝，你真不错，可以走几步了，今天宝宝还要用行走给我们表演一首儿歌。"然后妈妈蹲下身子，将宝宝靠在自己身上，双手握住宝宝的双手，嘴里念道："拍拍手"，帮助宝宝做鼓掌的动作三下，然后妈妈又念："走走走，"站起来扶住宝宝朝事先准备的板凳走去，走的节奏要

与嘴里念的儿歌节奏一致,妈妈又念:"走出去",妈妈帮宝宝的双手握住板凳(或其他的东西),并且妈妈要踏步(示范给宝宝看),妈妈念:"找朋友",妈妈扶住宝宝并教宝宝向前方招手,最后妈妈念:"找到了一个好朋友",将宝宝的手拿回来拍自己几下。

在宝宝学走路的阶段,妈妈要带宝宝一天多表演几次。慢慢地,宝宝就会自己扶物行走,过一段时间,宝宝就会放开倚靠的物体独立行走了。

当然,儿歌童谣的动作编排,妈妈可以自行创新,要考虑对宝宝音乐节律的锻炼和身体协调性的锻炼。所举实例的动作也不一定完全适合你的宝宝表演,父母应该发挥自己的聪明才智,编排最适合自己宝宝表演的动作。

你 知 道 吗

动作表演法要注意下列事项:

● 宝宝对动作的学习,关键在于大人的示范。

● 示范之前,大人要背诵所表演的儿歌,而且要非常熟悉,包括对动作也要熟悉。

● 每一句儿歌创设一个动作,每次都表演同样的动作,千万不要同一句儿歌或童谣,今天用这个动作,明天又改用另外一个动作,这样很不利于宝宝模仿。

● 在表演儿歌的时候,鼓励宝宝说押韵的那个字。

● 宝宝对动作熟练后,大人念儿歌,宝宝表演动作,当然宝宝能说出押韵的字更好,不会说,要慢慢练习。

● 所做的动作要与嘴里念的儿歌一致。

● 宝宝在表演的时候,只要有进步,大人都要给予及时的表扬,表扬的方式可以是用语言夸奖,也可以用鼓掌的方式对宝宝的动作进行肯定和鼓励。

○ 儿歌童谣情景阅读

情景阅读法就是在宝宝做事的时候,与宝宝一起阅读或者背诵相应的儿歌。这样阅读儿歌、童谣可以让宝宝在儿歌、童谣的熏陶下很自然地养成一些好习惯,领悟到一些道理,还可以对所学儿歌、童谣留下深刻的印象。如不想让宝宝养成剩饭的习惯,下面这首儿歌就可以在宝宝吃饭或者不吃饭的时候与宝宝一起阅读。

实例 1

让小宝宝坐在父母身上,双手搂着宝宝,拿出事先给宝宝准备好的儿歌书。翻开书对宝宝说:"哦,小宝宝长大了,要跟父母一样,用碗来吃饭,可是,吃饭的时候要养成一些好习惯,那样宝宝才能成为一个会吃饭的乖宝宝。"(也可以让宝宝自己学会翻书,如果翻不开,父母要给宝宝以示范)"看看书上的这个小娃娃,他正在吃饭,看,他吃得多认真,嗯,我们的小宝宝也要像他一样,是吧?"如果小宝宝嘴里发出"咿咿呀呀"的声音,妈妈要回应宝宝:"哦,宝宝是说要比书上的小娃娃做得更好吧,嗯,真是乖宝宝!"然后就开始用慢速的语调阅读这首儿歌:

吃饭

小娃娃,吃饭香,

一碗饭菜快吃光,

小勺轻轻刮碗底,

像给小碗挠痒痒。

"哦,宝宝懂了吗?吃饭要养成什么习惯呢?想一想。"停

一会儿,妈妈要继续说,"哦,吃饭的时候要专心吃饭,一碗饭才能用较快的时间就吃完,如果不专心吃饭,一顿饭要吃很久。还有呢?嗯,还要养成将饭吃完的习惯,小勺轻轻刮碗底就是不让碗里有剩饭。是这样吗,宝宝?"

宝宝快吃完的时候,如果发现宝宝碗里有剩饭,而且宝宝就准备不吃了,妈妈就要开始背诵这首儿歌。宝宝听了儿歌,回想起书上用小勺刮碗底的那个小娃娃,榜样的力量是无穷的这个道理也适合小孩子。他会很自觉地将碗里的饭吃干净的。不在自己碗里留剩饭,宝宝当然要得到父母的赞扬。父母要注意及时表扬他,不要让表扬"过夜",那样会让表扬"失效"的。

情景阅读在很多场合都适合,吃饭的时候、穿衣的时候、睡觉前、起床的时候、洗澡的时候、逛公园的时候等等,都可以给宝宝朗诵儿歌或者童谣。如宝宝早上醒来,如果看见妈妈就会哭,妈妈去抱他的时候,一边抱他起床一边对宝宝说:"哦,宝宝,别哭别哭,妈妈来了,妈妈抱宝宝起床!"一边抱宝宝起床一边有节奏地朗诵"起床歌"。

实例 2

起床歌

小宝宝,醒得早,掀开被,找妈妈,妈不在,哭起来,

见妈妈,不哭了,咿呀呀,学说话,妈抱起,笑哈哈。

如果宝宝醒来的时候没有哭,妈妈就不要这样朗诵了,应该这样对他讲话:"哟,乖宝宝醒啦,今天宝宝真乖,来,妈妈抱宝宝起床喽!"一边抱一边轻声、有节奏地朗诵:

起床歌

小宝宝,起得早,掀开被,笑眯眯,

伸伸手,妈妈抱,妈抱起,快穿衣。

在给宝宝穿衣服的时候,妈妈也别忘了让小宝宝享受儿歌、童谣带来的快乐,让宝宝沉浸在儿歌、童谣的世界之中,这对宝宝的语言、情操、性格的发展都有非常积极的作用。穿

衣服的时候,给宝宝朗诵"穿衣歌"吧:

穿衣歌

小宝宝,伸胳膊,穿袖子,穿上衣,扣扣子,

小宝宝,伸小脚,穿裤子,穿了袜子穿鞋子。

晚上洗澡的时候,一边给宝宝洗澡一边给宝宝阅读儿歌也是宝宝很喜欢的:

洗澡歌

小宝宝,勤洗澡,打肥皂,揉揉背,搓搓腰,

搓小脚,肥皂泡,真奇妙,五颜六色到处飘。

洗完澡了,晚上睡觉前也不要忘了给宝宝一个儿歌,伴着儿歌进入甜蜜的梦乡,宝宝感到他是幸福的:

睡觉歌

小摇篮,摇呀摇,小宝宝,要睡觉,

盖好被,闭上眼,摇呀摇,睡着了。

你知道吗

情景阅读要注意下列事项:

● 辛苦妈妈或者照看婴儿的人,要记住儿歌童谣的内容。

● 不同的情景有不同的儿歌童谣的内容,这样对训练宝宝的应变能力是很好的。

● 在有的情景中,需要父母或者照看小宝宝的人能够自己编儿歌,能编出宝宝喜爱的儿歌,在宝宝心中你会成为"超级妈妈"、"超级爸爸"。

● 尽量引导宝宝先说押韵的字,慢慢背诵整首儿歌。

● 一首儿歌要反复练习,遇到适合的情景就与宝宝一起阅读儿歌。

【三】教0岁宝宝识字

　　星期天,满2岁的乔乔和我们一起在附近的公园玩,来到草坪边。"别踩我,我怕疼!"乔乔发出稚嫩的声音,我们都很好奇,他怎么知道要爱护花草?另外,他怎么知道要这样表达?我们扭头看着他,原来他在念一块告示牌上的内容。

　　我向乔乔的阿姨(保姆)打听:你们教乔乔认字了吗?什么时候开始的?他都认识字了。

　　阿姨说:"没有啊,我们没有专门教他认过字,连一本专门的识字书都没有,他妈妈还说要去给他买一本呢。"

　　"那他怎么认识这些字的?"

　　"乔乔原来是他爷爷带的,他爷爷喜欢把他带到外面玩,看到有字的地方就指着念给他听,据说满月后不久就这样,后来养成了习惯,看到有字的地方就要我们读给他听,大人读几次之后,他自己就会念了,这告示牌上的字,他早就能念了。还有很多地方的标语、广告他都会念!"

　　哦,真是处处留心皆学问啊,连小孩子识字也不例外呢。

○ 让宝宝注意文字

1 岁左右的婴儿处于"无选择探求"和"印象记忆"阶段,所以,要很好地利用小宝宝这个阶段的特点,培养小宝宝的识字敏感性。下面是培养识字敏感性的实例。

实例 1　阅读
父母选择一段文字津津有味地读起来(不是给宝宝讲故事):

"有一个小裁缝,用抹布一下打死了七只苍蝇,他很佩服自己。于是,他就缝了一条带子,上面绣了六个大字:一下打死七个。小裁缝决定去周游世界。出发前,他把一块干酪和一只小鸟放进口袋。

不久,小裁缝来到一座山上,看到有个巨人正站在那里四下张望。小裁缝勇敢地走上前打招呼:'伙计,你好!和我一起去闯荡天下吧!'巨人显出十分鄙夷的样子,说:'哼,就凭你这个小东西?'

于是,小裁缝装作不经意地露出带子上那六个大字。巨人看到上面写着'一下打死七个',还以为他打死的是七个人呢,这才有了一点敬意。于是他提出两人比试比试。……"

谁都知道这是格林童话《勇敢的小裁缝》中的片断,不是给孩子阅读故事,为什么选择故事?这是想让父母知道:我们在小宝宝面前阅读要像在阅读一个很有吸引力的故事一样投入地去阅读。我们的表演是为了引起小宝宝对我们所阅读文字的注意。他会想:咦,那上面是什么呀?让爸爸那样如痴如醉,那我得仔细瞧瞧!

但是这种吸引小宝宝的方法可能在起初几次效果不明显,他好像

更专注于他的玩具或电视里极具动感的广告。别灰心,多做几次,他自然会来注意你的!

实例2　给孩子看字

"肥、植、材、黑、酸、染、惠、缩、操、圈、富……"这些字的含义或者读音,一般1岁左右的宝宝可能都不认识,没关系,让他看看。你甚至可以将这些字用不同的颜色写出来,吸引宝宝观察,如果他指着一些字咿咿呀呀,你培养宝宝识字的目的就达到了。在此基础上,你对他讲:"这是'肥',肥胖,电视广告中'减肥'的肥。"但不一定完全教他认识一些很难的字,让宝宝看一些他完全不理解的字只是为了培养他的识字敏感性——对文字产生兴趣。

○ 创设识字环境

在社会文明高度发展的今天,文字可以说是无处不在。但是,有的家庭中确实很少有文字出现:这是现代文明遇到的尴尬。即使有的知识分子家庭也如此,有的人从学校毕业之后就与书本永久告别了。为人父母了,有一天才猛然发现:孩子是需要文化熏陶的,从此才会慌忙进书店为孩子疯狂采购。

其实,给孩子创设识字环境(课堂)是一件很简单的事情。

实例1

宝宝出生之后,房间里面要发生很大的变化,除了挂前面提到的挂图外,还要挂上识字挂图,识字挂图上要求有实物和实物的名称,认字就是认识这个实物名称所代表的字就行了。宝宝在认识挂图上的字或者物品的这段时间,最好不要将挂图一会儿取下，一会儿挂上，让挂图一直挂在那里，直到要开始认识新的挂图为止。

挂图在屋子里布置好了，平时妈妈抱着宝宝转悠的时候，转到一幅挂图前，就停下来看一看，看到苹果就指指画面上的苹果，然后指指"苹果"的汉字，慢节奏地说"苹——果"。大人要常常高兴地指字给小宝宝看，看了以后就读给宝宝听。每个字花一两秒钟的时间阅读就可以了。如果宝宝很感兴趣，就可以多读几个，不感兴趣就看看是否宝宝哪里不舒服，不要强迫宝宝认字。

实例2

将宝宝抱到外面玩的时候，看到有字的地方，不要忘了将有字的地方指给宝宝看看。在草坪边，你会看到"绿草茵茵，怎能踩踏"的提示，要将这样的提示让小宝宝看见，还要念给他听："绿草——茵茵，怎能——踩踏，宝宝看见了吗？那个牌子上就是写得这几个字，它的意思是告诉人们：这么美丽的草坪，怎么能踩踏呢？就是告诉人们不要在草坪上玩耍。懂了吗？"看到横幅标语，宝宝也想知道上面是什么，告诉他："热——烈——祝——贺——神——州——六——号——载——人——航——天——飞——船——顺——利——返——航！"字很大，而且句子长，一个字一个字地念，效果较好。如果孩子能问问题了，还要关心有关方面的知识以应付宝宝没完没了的问题。

创设识字环境，让孩子在耳濡目染、潜移默化中学习文字。只要父母留意身边的生活和注意宝宝生活的环境，宝宝的识字敏感性是很容易培养的，孩子有了识字敏感性，就会把认字看做像认人、认物那样简单而自然。

要一一实行这些方法，也许很辛苦，但其乐无穷，这是养育孩子给父母带来的乐趣！

你知道吗

创设识字环境的目的：

● 让孩子注意文字。

● 让孩子养成看字和爱听成人读书的习惯。

● 培养孩子喜欢翻书、看字、看画、看成人读书的习惯。

● 培养孩子爱护环境的品质、热爱生活的激情。

● 培养孩子在任何地方看到字爱认、爱问的习惯。

【四】给 0 岁宝宝讲故事

婴幼儿天生爱听故事,晶晶的妈妈在晶晶刚满 4 个月的时候就要回单位上班了,离开小宝宝确实让妈妈难受了很久。但是,晶晶的妈妈却发现:虽然她很少有时间陪女儿,女儿却对她有一种特别的依恋,这种依恋不完全是女儿对母亲的那种依恋。

妈妈无论晚上有多么重要的事情,都要赶在 8 点钟以前回到家,因为 8 点到 8 点半是她与女儿的约定时间,这半个小时,妈妈可以释放她对女儿深深的爱,女儿也可以尽情地沐浴在母爱之中。

女儿很懂事地听着妈妈温情的讲述,故事讲完了,晶晶带着甜甜的微笑入睡了。妈妈看着熟睡的女儿脸上带着微笑,心中的愧疚感有了些许释然。

为事业打拼的年轻父母喜欢说的一句话是:"没办法,我真的没有时间陪孩子。"是的,事业的竞争耗费了父母的精力和时间,但如果将时间安排紧密一点,每天与孩子 30 ~ 60 分钟的亲子阅读其实也是你自己心灵的一次放假,可以达到"双赢"的效果,何乐而不为呢?

○ 配乐故事

在宝宝刚出生的头几个月里,要让宝宝养成安静入睡的习惯。很多小宝宝在入睡前有"闹瞌睡"的习惯,就是宝宝在睡觉前总是感到烦躁不安,感到很不舒服,有的妈妈在这个时候抱着孩子哼着调子从这间屋子转到那间屋子,小宝宝都不能入睡,即使勉强睡了,也觉得宝宝睡得不踏实。这样做,妈妈累,妈妈烦,宝宝睡不好觉,严重的还会影响到宝宝大脑的发育。其实,做过胎教的宝宝,在宝宝要睡觉时,放上胎教音乐,母亲轻轻拍几下,小宝宝就入睡了。所以,出生头几个月的宝宝,他们的晚安故事主要是配上胎教音乐,内容以睡觉为主,养成宝宝安静入睡的好习惯。

实例

宝宝睡觉前,妈妈先给宝宝把尿,然后检查尿布是否干净,整理好婴儿床。放上宝宝在妈妈腹中常听的音乐,将宝宝轻轻放在床上,妈妈在旁边轻轻抚摸着宝宝,微笑地看着宝宝,给宝宝讲"摇摇"睡觉的故事:

摇摇是一只非常非常可爱的小猫熊,妈妈在一个月前生下了她。摇摇实在太可爱了,猫熊家族因为摇摇的到来也显得更加有生气。爷爷常常对着摇摇咯咯笑:"小摇摇,你是我们的快乐天使,我们爱你,我可爱的小孙孙。"爸爸也很爱摇摇,自从摇摇出生后,爸爸时常快乐地哼着歌谣……

摇摇要睡觉了,妈妈把她抱到准备好的小床上,轻轻地将被子盖在摇摇的身上,将小脑袋放在小白兔枕头上。嗯,床上舒服极了,软绵绵的被褥还有野菊淡淡的幽香,火柴花的小枕头也散发出幽幽清香,小摇摇感到很满足也很幸福。摇摇闭上小眼睛,听到了美妙的音乐和妈妈轻柔的摇篮曲:我的宝宝,快快睡觉,睡呀那个睡在梦中……(妈妈会哼摇篮曲是最理想的)我的摇摇,快快睡觉,妈妈将你摇呀摇,摇呀摇……

摇摇睡着了,进入了甜蜜的梦乡:在美丽的花丛中,漂亮的蝴蝶成了她最好的伙伴,摇摇自己也成了一只最美丽的蝴蝶,他们在繁花丛中飞来飞去,小鸟在为他们歌唱,小树在微风中跳舞……玩累了,他们躺在花丛中休息,在清幽的花香中他们睡着了,妈妈还在摇呀摇,摇呀摇……(轻轻摇)

宝宝有时在熟睡中突然醒来,而且哇哇大哭,这种情况一般属于宝宝做了噩梦。因为宝宝能到户外玩耍了,见到了许多从来没有见到的东西,而且有的东西对宝宝来说,是巨大而古怪的,如大树、高楼、黑屋子、大黑狗等等,这许多不同寻常的实物留在宝宝的脑海中。在浅睡期的回忆中,他会梦到大黑狗跑过来咬住自己和妈妈,梦到黑屋子有大手抓住了自己……还有白天得不到的满足或者妈妈不高兴责备了宝宝,在宝宝的浅睡期都会回忆起来,所以,专家说:对于0岁左右的宝宝,父母无论怎样爱他都不为过。宝宝在5个月左右的时候,会时常因噩梦而突然醒来。所以这个时期给宝宝的晚安故事要能安慰宝宝的心灵。

你知道吗

讲配乐故事要注意:
● 音乐要适合睡眠,不要太亢奋的音乐。
● 故事不要太长,情节不要太复杂。
● 故事要完整,不要留有悬念。

● 妈妈最好伴着音乐的节奏讲述。
● 一边讲一边轻拍宝宝或者轻摇摇篮。

○ 认知故事

虽然宝宝的认知能力平时可以通过其他训练培养,但如果能在故事中恰当地培养宝宝的认知能力也有很好的效果,而且能让宝宝安静入睡,又能在无意识中学到知识,对宝宝和父母来说都是很理想的事情。

这类故事,父母要仔细挑选,要看是否能达到我们期望的效果,很多幼儿读物找几个故事编排在一起,封面上标注成"宝宝睡前故事",但是,里面有很多故事其实是不适合做宝宝的晚安故事的。所以,父母一定要认真筛选。

实例

小波比的睡前活动

看到妈妈在整理床铺,小波比知道妈妈要让他睡觉了,可是,今天还有一个任务没有完成。小波比急忙跑到玩具箱里,找出了他最喜欢的大头熊,大头熊是小波比最好的朋友,每当妈妈将他放在地板的坐垫上的时候,都是大头熊陪他一起玩,大头熊还会唱歌,将大头熊的肚子拍两下,大头熊就会唱起歌来。可是,每次睡觉的时候,妈妈总是要将大头熊肚子里的电池取出来,然后才允许小波比抱着大头熊玩耍、睡觉。

"小波比,准备睡觉了。"妈妈在卧室里喊道。小波比抱着大头熊走进了卧室。"哦,还要跟大头熊睡吗?""好吧,老规矩,找找大头熊的眼睛。"小波比用小手摸摸大头熊的眼睛。"哦,找对了,小波比真棒!再找找大头熊的耳朵呢。"小波比伸出小手摸摸大头熊的耳朵。"嗯,不错,那大头熊的鼻子呢?"小波比伸手摸摸大头熊的鼻子,嘴里还说着"鼻——子",说得不准确,但是已经能听出来了。然后,小波比又在妈妈的指令下找到了大头熊的嘴巴、小手、脸以及眉毛。

好了,作业做完了,小波比将大头熊放在枕头旁边,盖上被子,听着妈妈放的音乐准备睡觉了,妈妈轻轻拍着小波比,哼着与磁带里一样的音乐,小波比在妈妈的爱抚中、在优美的音乐中进入了甜蜜的梦乡……音乐停了,妈妈的声音也越来越小。

妈妈在讲故事的时候,可以在小波比认识大头熊的身体部位的时候,摸摸小宝宝相应的身体部位,指指自己身体的相应部位。然后哼着音乐轻轻拍着小宝宝,让他进入梦乡。

○ 语言故事

0岁宝宝的语言发育在故事中也要体现,将一些语言的学习巧妙融入故事之中,让宝宝在享受故事的同时无意中掌握母语的发音技巧,这是我们共同追求的效果。

实例

舟舟今天玩得非常开心。哥哥带着他来到了小河边,看着清澈的河水,舟舟要下水去玩,哥哥说:"舟舟,那可不行,妈妈说过,要我负责你的安全。河水很深,你下去会淹死的。"舟舟看着缓缓流动的河水,感到非常奇怪:"河里怎么不能下去,淹死是怎么回事呢?"可是,哥哥不让下去就别下去吧,于是,舟舟就坐在岸边看着哥哥钓鱼。不一会儿,哥哥的鱼钩突然往上一甩,一条鱼跟着鱼钩就上来了,哥哥收拢鱼钩,很快就将鱼儿捉住了,好大一条鱼!看着哥哥那潇洒的动作,在舟舟的心中,哥哥简直太棒了,哥哥简直就是大英雄。以后一定要将哥哥这一招学到手,好在小伙伴面前露一手!

回到家中,吃过晚饭,舟舟拿出自己的小书来到妈妈身边,嘴里说道:"妈——妈,书——上也——有——鱼!"哦,妈妈明白了舟舟的意思,要看看书中鱼的画面。于是,妈妈翻到鱼这一页,对舟舟说,"这就是——鱼,有草——鱼,还有舟舟喜欢的金鱼,金——鱼"。"还有哥哥钓鱼的鱼钩、鱼饵,嗯,鱼——钩、鱼——饵"。

"吃鱼的时候还要注意鱼刺,鱼——刺"。

舟舟打起了哈欠,要睡觉了,音乐响起来了,在柔和的音乐声中,舟舟听到了妈妈轻柔的声音:

鱼儿鱼儿真是宝,

营养丰富味道好,

舟舟爱吃鱼肉丸,

吃了鱼肉身体壮,

一觉睡到天快亮。

就这样,舟舟带着满意的微笑进入了梦乡。

妈妈在讲述有破折号的地方的字时,节奏要慢,口形要夸张,在讲述后面的儿歌时,语速要慢,每个字都要说清楚。

第四篇 与1岁孩子共读

孩子刚开始说话,稚气的声音带着发音的不准,一般不用"你"、"我",而是喜欢用自己的名字来表达意愿。大人往往认为孩子这样更可爱,不愿意让他改变或者不忍心让他改变。但孩子需要不断的成长,成长就需要不断抛弃旧的,接受新的。

比如我的儿子,1岁多的时候,经常以自己的名字开头:"弘儿想吃……"、"弘儿想做……"、"弘儿的……",于是我开始慢慢纠正他的说话方式。

在孩子慢慢的成长中和我不断的教育下,近2岁时,儿子学会了人称代词"你"、"我"等。很多人都感叹:孩子还是越小越可爱。是的,但是,任何事物都是不断向前发展的,特别是人,年龄在不断的增长,其行为和知识以及能力需要随之改变,人才会成为真正的人。

选择适合孩子发育的阅读方式,在孩子不同的敏感期对孩子加以不同的引导和培养仍然是亲子共读的主旋律。

◆ 教1岁宝宝识色辨形

◆ 教1岁宝宝背儿歌

◆ 让1岁宝宝学画画

◆ 教1岁宝宝说短语

◆ 给1岁宝宝讲故事

【一】教 1 岁宝宝识色辨形

　　1岁以后的孩子开始通过挂图和卡片认识形状和颜色。

　　丰富的挂图内容会引起孩子更大的阅读兴趣,当然,通过挂图增强孩子的认知能力也是很不错的选择。如认识形状和颜色。

　　小家伙在将前面一些曾经用过的挂图当做玩具撕了之后,这张有红色花朵的挂图他将其保存下来了,连他自己也知道,妈妈要用这张挂图教他认识一种新的东西——颜色。

　　在挂图上认识颜色,小家伙很"认真"。每天要拉着我去翻看好几次,每当家里来了客人,他总是拉着客人朝挂图那里走,然后对客人说:"花,红色的。"很卖弄的感觉,只要有人夸奖他,他就更来劲了,然后拿出自己喜欢的玩具与客人一起分享。看他兴奋而真的样子,我们都感觉小宝宝太可爱了。

　　在更多的时候,我们感到通过挂图让小家伙认识一些东西确实是比较方便的,在耳濡目染中认识事物是无意识的学习,也是效果较好的学习方式。

○ 认识颜色

从小宝宝满1周岁的时候开始，就应该训练他认识第一种颜色。根据经验，宝宝最先会认红色。成人感觉区分颜色除色盲之外是一件极其简单的事情，但是，请记住，这是小孩子，是对世界完全陌生的婴儿。所以，看似一个非常简单而又平常的事情，让宝宝认识各种颜色还是需要父母有足够的耐心。一般来说，表面上小宝宝认识了一种颜色之后，还要巩固2～3个月再学习认另外一种颜色。而通常情况下，给小宝宝认的第二种颜色是黑色。到宝宝满2岁的时候，要能够用颜色去形容物品，当然，能用的颜色的词语越多越好。下面是颜色挂图的阅读实例。

实例 认识颜色

在书店给小家伙买回一种颜色的挂图，包括很多幅单张的挂图，如红色的水果、红色的衣物、红色的花朵、红色的树叶等，品种越多越好。每天与小家伙在挂图面前"阅读"一会儿："宝宝，过来看看，这是红色。"再翻一页，"这也是红色的！"再翻一页，"咦，这还是红色的！"再翻一页，"哦，怎么样，还是红色的！"……直到红色挂图的最后一页，（让小孩子自己翻动也可以，不会翻动的，慢慢训练让他自己翻）"翻完啦，看到了吗？全是红色的，红色的，哦，小宝宝的衣服也是红色的（学什么颜色最好穿与所学颜色一致的衣物），妈妈的衣服也是红色的。一片红色，好温暖，是吗？小宝贝！"他会回应你的："嗯，这红色，那，红色，妈妈，红色（妈妈的衣服是红色的），宝宝红色（宝宝的衣服是红色的）"。很可爱的，宝宝对你的所作所为有了回应，与他在一起就更有乐趣了。

然后将挂图返回，与宝宝一起复习："宝宝，再看看，这是

什么颜色？"如果回答正确，要夸奖他："嗯，对了，宝宝真不错！"（表情高兴而兴奋，然后轻轻地摸摸他的小脑袋）。"知道这红色的是什么吗？"如果能回答，要对小孩子说："宝宝真了不起，连红色的西红柿都知道！""红色的西红柿，是宝宝最爱吃的，宝宝已经认识了它，今天妈妈要让宝宝吃红色的西红柿！"（在做西红柿这道菜的时候，将小孩子叫到跟前，让他知道实实在在的红色西红柿是什么样的。）

小孩子认识一种颜色是他第一次学习的一个共性概念，虽然"红色"这个词从嘴里说出来很简单，但要真正理解它所代表的含义，对一个刚刚学会说话的小孩子来说，比认识"汽车"、"帽子"等具体物体要难得多。因为这个词可以放在很多具体的物体名称前面，如红色的布娃娃、红色的帽子、红色的小碗等，这对小孩子来说是完全陌生的知识，要完全理解颜色这个共性概念是要花很多时间的，而且，妈妈在孩子学习颜色的概念时，要抓住一切可以利用的机会让宝宝熟悉它、理解它。还可以变化一些学习的方式，增加小孩子学习的兴趣，利用卡片学习就是一种很好的游戏学习法。

实例 卡片阅读

在书市为小孩子买回学习颜色的卡片，一盒卡片应该包括很多颜色的单张卡片，妈妈利用这些卡片就可以与宝宝一起玩游戏了。将不同颜色的单张卡片混合，放在床上或者地板上。妈妈发出指令："宝宝，来，看看这些卡片，真是太多了，你要给妈妈找出一些来将它放在旁边，对了，找什么呢？哦，想起来了，找红颜色的。"妈妈首先示范："红色的花朵，哎呀，红色的花朵在哪里呢，宝宝快帮妈妈找找吧，哦，终于找到了。妈妈呀，要把红色的花朵拿出来，放到这边。"在卡片中找，不要一下子就拿出来了，你这样快都拿出来，一方面小孩子没有看到你操作的过程，叫他自己做，就会有难度；另一方面，他看到妈妈那样快，会对自己没有信心的。

最初跟宝宝一起做找颜色卡片的游戏，大人要多示范几次，一边讲解一边做，让小宝宝熟悉之后单独做："来，宝宝，我们玩游戏了！"拿出卡片，混合后，将卡片摆在桌子上、床上或者地板上，选择其中一个方便、舒适的地方。"宝宝，来，帮妈妈拿出红色的花朵。"宝宝顺利拿出之后，帮他将这一张卡片放到另外一个地方，并且不要忘了称赞宝宝："拿对了，真不错，真是聪明的宝宝！"如果宝宝好久都没有拿出来，不要着急，帮助宝宝一起找，一边找一边对宝宝说："宝宝，不要着急，来，和妈妈一起找，相信一定会找到的！哦，这就是红色的花朵，找到了，就这样找，知道了吗？"（宝宝不会找，有可能是没有明白你的指令，也有可能是没有理解红色这个概念，要多示范。）当宝宝有意识自己要找的时候，就在大人的带领下一起找，不要让宝宝有太强烈的挫折感。

除了拿出红色的花朵外，用同样的方法训练宝宝拿出红色的衣服、红色的苹果、红色的鞋子、红色的袜子等等。只有宝宝毫不费力地拿出这些东西的时候，才说明宝宝已经开始理解"红色"这个共性概念了。

你知道吗

阅读颜色挂图、卡片的注意事项：

● 不要一次给宝宝说几种颜色，一个阶段学习一种。

● 对一种颜色确实准确无误地认识之后，再开始学习另外一种。

● 初步认识一种颜色之后，建议巩固2~3个月。

●要尽量找更多的东西让小孩子从中挑认所学的颜色。

●如果宝宝能从大人还没有示范过的东西中找出所学颜色的物品，说明宝宝真正认识了这种颜色。

○ 认识形状

教小孩子认识形状，这是对孩子空间感知能力的训练。一般来说，小孩子在 1 岁左右能认识圆形，有的宝宝在 12 个月的时候就能挑出圆形，15 个月的时候能挑出方形。有的幼儿可能要晚一点，父母不要着急，慢慢训练一段时间，小宝宝就学会了。孩子认识形状之后，还要训练他将相应的形状放入相应的洞穴中。通过挂图、卡片学习形状效果也较好。下面是认识形状的实例。

实例 认识形状

给宝宝买回形状挂图，开始学习圆形吧，然后学习方形，将圆形和方形学会了，就开始学习其他的形状。一套挂图也许有很多单张，每张挂图都有一个不同的形状。将圆形的一张放在最外面(如果还没学其他的，就先学习圆形，如果已经学会了一些，就将要学的放在最上面)，时不时地与小宝宝一起阅读一下："宝宝，这是圆形，看看，圆圆的，就像小宝宝的小圆脸。"当然学习形状还可以与学习儿歌或者童谣结合起来，如学习圆的时候可以将圆编成儿歌与宝宝一起学：

圆

圆，圆，圆

没有角也没有棱，

好像宝宝的小圆脸，

哦，对了，

车轮转转跑得欢，

十五的月亮圆又圆，

　　就像我家的大圆盘。

　　尽量将圆形的东西编在儿歌中，让宝宝通过这些具体的形象认识圆形。有些形状挂图的下面配有相应的儿歌，还有给妈妈的建议，这样可以指导妈妈怎样与宝宝一起学习。无论怎样的指导方法，都只是一个参考，究竟该怎样学习，要看宝宝的实际情况。妈妈也要不断的摸索、创造与宝宝一起学习的新方法。

　　在宝宝学习形状的阶段，大人要多在宝宝耳边说相应的字，如宝宝学习圆形时，要多说"圆"这个字，学习方形时，要多说"方"这个字。有时还要边拿出相应的形状一边说："哦，我今天买的饼，是圆的，圆圆的，味道很好！""大家一起来吃圆饼，小宝宝也来吃圆饼。"或者是"妈妈这张手绢是方的，方手绢，宝宝的饼干是方的，方饼干……"多接触所学形状的实物，多听这种说法，宝宝就能认识这种形状。

　　从很多形状卡片中挑出所学形状也是对形状的一种学习方法，这种方法与看挂图学习不一样，要听大人发出指令，还要从众多的图片中选出大人所要求的形状卡片。但是这种学习既锻炼了宝宝的听力，又训练了他动手的能力，还有利于训练他的观察力，因为要在众多的卡片中找出所要求找的，不仔细观察是不能挑选出来的。下面是实例。

　　实例　挑选形状卡片

　　买一盒形状卡片，每张一个形状，一般包括圆形、方形（正方形和长方形）、三角形、平行四边形、梯形等多种形状，每种形状可以是两张或者三张。

　　将装好的卡片拿出来，放到小桌上，妈妈和宝宝坐在桌子旁边。"宝宝，今天与妈妈来玩游戏，看看，妈妈这里有好多好多的卡片，他们都是形状，其中有认识你的，也有你认识的，这些认识你的形状今天想出来和你一起玩。他们都藏在这些卡片中，要宝宝把他们找出来，快来呀，他们都等急了。"

让宝宝自己看看这些卡片,然后问他:"这里面有你认识的吗?看看。""是什么形状想跟你玩呢?哦,我知道了,是圆形,快找找,这里有没有圆形,圆形宝宝在跟你捉迷藏,快把他们找出来。"

如果他还不能找,妈妈首先要示范,从卡片中将圆形找出来,找了一张后问一下宝宝:"还有吗?嗯,再找找,看还没有藏起来的圆形宝宝?"一边说一边帮宝宝找。

妈妈千万不要一看见就迫不及待地把找到的圆形拿出来,要引导宝宝去找,妈妈即使看见了要找的卡片,也要把手朝那张卡片慢慢挪动,以便于宝宝自己去发现。他如果找到了哪怕一张,妈妈和旁边的人都要夸奖他:"宝宝真不错!"可同时为宝宝鼓掌对他进行鼓励。就这样玩,将所有的圆形都找出来。如果宝宝有兴趣,同样的游戏可以多玩几次。

一般来说,只要小孩子能自己找出一次,有了第一次的成就感,加上获得的称赞,他对这种游戏的兴趣会持续一段时间,父母要趁着宝宝的这股热情,抓紧时机进行巩固练习。将这一种形状学会了,然后开始另外一种形状的学习。

对形状的学习,还有一种学习方式,就是将所学习的形状放入相应的洞穴中。宝宝1岁半以前至少学习熟练地将三个不同的形状放入相应的洞穴中。下面是让小孩子学习将圆和方的形块放入三形板洞穴内的实例。

实例 认识形状

准备一个三形板,父母可以自己做,就是在一个纸板上剪下圆形、方形(长方形或者正方形都可以)和三角形(但相应形状的洞穴不要破坏)。然后将圆形和方形给宝宝玩,把三角形放在一边。留有洞穴的这个纸板就是三形板。之后,将三形板给宝宝玩一会儿,让他观察。他观察一会儿之后,妈妈就要开始让圆形和方形回家了："宝宝,圆形宝宝和方形宝宝玩累了,他们要回家了,来,今天宝宝送他们回家吧。"拿出三形板放在一边,"这里就是圆形宝宝和方形宝宝的家,可是,哪个是圆形宝宝的家呢,宝宝来帮助找吧!"如果他找到了,应该鼓励他:"哦,对了,宝宝找到了,嗯,真不错!""接下来,宝宝就将圆形送回去吧,就是把圆形放入这个洞,放一下,看,圆形宝宝回家了!"如果他一时不知怎么放,或者动作不够灵活,一旁的大人可以协助他往里放。放进去了,要鼓掌调节气氛。用同样的方法,叫宝宝将方形也放入相应的洞中。

学习了方形、圆形"回家",还要学习三角形。父母还可以多剪一些形状,如菱形、半圆形、椭圆形等。然后学习将相应的形状放入相应的洞穴中。

这种学习方式好像与阅读关系不大,但这是对形状的学习,所以我们将它也纳入亲子共读之中。

你知道吗

学习形状要注意以下事项:

● 在学习形状的时候,父母可以为小孩子用硬纸板剪各种各样的形状。

● 孩子在学会了一种形状后,要巩固一段时间再学习另外一种。

● 小孩子有一种形状不能放入相应的洞穴中,可以让他自己玩,玩着玩着偶然能放进去了,大人要夸奖他,然后告诉他怎样做才能每次都放进去。

【二】教1岁宝宝背儿歌

近2岁的小孩子会背整首儿歌是他语言发展的要求,但孩子学习背诵儿歌也有一个过程。

儿子在1岁多的时候,无论是别人读书也好,读儿歌也好,他总是说最后一个字,而且非常认真的样子。但是我又感觉很遗憾,为什么总不能说一整句儿歌呢? 于是我开始花时间一句一句地耐心教他。

在说了一段时间的押韵字以后,有一天,很自然地,他就说出了一句"爱吃萝卜和白菜"。是的,他很喜欢《小白兔》这首儿歌,喜欢将这首儿歌的书拿过来,有时翻到这首儿歌那里就不准再翻了;每次阅读这首儿歌的时候,他也表现出很大的兴趣。

其实,小孩子最开始还不能说出一整句话,或者还不能背一整句儿歌,父母都不用着急。只要他跟着说出字来,或者你阅读儿歌,他跟着做动作,慢慢练习,他就会说出一整句话,背出一整句儿歌甚至一整首儿歌。

○ 看图读儿歌、童谣

小孩子1岁以后,父母要教他学习顺着看书,从头一页一页地翻书。这些都需要大人经常给小孩子示范,要多与他一起阅读,他们都会在1岁后的几个月里学会。与孩子一起阅读儿歌也是训练他正确拿书、翻书的好机会。一般的,婴幼儿的儿歌书都是配有丰富多彩、富有想像力的插图的。所以,1岁以后的孩子要在父母的带领下开始正式读书了,对儿歌的学习,也要从看图开始阅读。而且,这种看图学儿歌、童谣的效果较好,一方面让孩子学习了儿歌,另一方面也可以让他欣赏画面。下面是看图阅读儿歌的实例。

给宝宝在图书市场挑选一本适合小宝宝这个年龄段阅读的儿歌书,这种儿歌书要求图文并茂、大画面的、单页单幅画面。文字少画面大是宝宝这个阶段读物的特点之一。另外父母要审查一下其画面跟文字是不是一致的,查看一下画面内容有没有错误,文字有没有错误等。给小宝宝挑选读物,尽量买质量较好的。前面已经有这些读物的举例,这里就不再讨论了。

书准备好之后,就可以与宝宝一起阅读了。找一个灯光柔和的地方,将宝宝抱在身上也可以,一起坐在小桌子旁边也可以。与3岁以前的小宝宝一起阅读都可以将他抱在怀里,这样更能增强亲子感情。首先教宝宝认识书的倒顺:"宝宝,看,这本书这样是顺着的,看看,小哥哥的头在上面,树也是,树的枝叶在上面,再看看天空,蓝天白云在上面,大地在下面。"(最好不要在这个时候给小宝宝演示倒着的书,这样他会混淆的,这是很重要的经验,也是在教小孩子认知事物的时候要遵循的一个原则。)然后要让小宝宝自己学习正着拿书。教了正着拿书之后,就教小宝宝如何翻书,大人可以先示范:"看,我这样翻书,一页一页地翻书,这样一页一页地翻宝宝才能看到更多好看的,也才能读到更多的儿歌。""来,宝宝试着翻一下,看看,这样一页一页地翻。"(可以先训练宝宝的食指和拇指。)你也可以握着宝宝的手,帮他把拇指和食指

伸开翻书。

翻开有儿歌的一页,对宝宝说:"啊,看到了吗? 好漂亮的小汽车,宝宝最喜欢的小汽车,看到了吗? 这是大马路,大马路两边是什么,哦,是树,好多好大的树。还有,是谁在开车呢? 看一下,是大哥哥,哦,大哥哥开着车好神气哦,看看,天空中还有小鸟……""现在呀,妈妈就要和宝宝一起阅读儿歌了,我先给宝宝读,然后一起读。"

汽车

大马路,小汽车,嘟嘟嘟,

马路旁,是大树,嘟嘟嘟,

大哥哥,开着车,嘟嘟嘟。

三个字的儿歌比较容易背诵,开始不会背诵的时候,尽量让宝宝说出押韵的字,宝宝会说押韵的字以后,就教宝宝背诵一句,背会了一句之后再背第二句,逐渐将整首儿歌背下来。有的宝宝在18个月之前就会背两首儿歌了,有的宝宝要稍晚一点,父母不要着急,要坚持练习,一定要训练小孩子背诵,"背诵是记忆的体操"训练一段时间后,使其记忆力逐渐增强,慢慢就会背整首、甚至多首儿歌了。

○ 听录音学儿歌、童谣

在前面的宝宝读物介绍中,曾提到过磁带、影像资料,现代宝宝的成长,是不能离开这些工具的。父母应该知道,合理利用这些工具,包括电脑,也有助于孩子的发展。所以,在亲子共读中也要适当利用它们来服务于宝宝的教育。

实例

在市场上买回一个小录音机,然后买回一盘适合1~

2 岁宝宝听的儿歌磁带,妈妈忙的时候,就将儿歌的录音放给宝宝听,反复地听那一段,要给宝宝说:"宝宝,听听音乐,要唱歌了,听小姐姐(小哥哥)唱。"因为音乐有轻快的节奏,一般小宝宝都很喜欢听,等你忙完了,就来跟宝宝一起背,一起做动作。同样的,先教宝宝说押韵的字,合着音乐的节拍做动作也可以, 随着儿歌的节奏做动作也可以。如果宝宝能随着录音表演动作(妈妈教的特定动作),也应该给予表扬:"宝宝真不错,能记住该在哪个字上该做这个动作了。"以后就鼓励他在做这个动作的时候嘴里说出这个字(一般是押韵的字)。然后背诵一句,逐渐背诵两句、三句,这样很快就能背诵整首儿歌,然后就背两首儿歌、三首儿歌……

也许父母都注意到了,在这个阶段,我们总是强调小孩子对儿歌的背诵,为什么呢? 这是因为在宝宝的智能发育中已经强调了这个时期孩子智能的训练重点之一就是通过阅读训练宝宝的记忆力。其中增强宝宝记忆力的最好方法就是背诵。现在有很多人,特别是一些年轻的父母,认为光有记忆力有什么用,记忆力再好,能超过电脑吗? 现在的孩子最重要的是培养他的创新能力。这种观念的后面一句话是正确的。前面的就有问题了,他完全忽略了人是一个整体,万事万物都有着千丝万缕的联系,人的能力也是一样的,各种能力会相互影响,互相促进。在孩子发育的过程中,每一种智能因素都要培养,而且要根据孩子发育的心理特点,每个阶段还要有所侧重的培养。而且,好的记忆力会对孩子的学习产生很大的良性影响。所以,这个阶段我们关注的是孩子背诵的情况。

你知道吗

教孩子背诵儿歌要注意：

● 尊重小孩子学习的特点，逐步学习。

● 背诵儿歌、童谣不是强迫背诵，而是在兴趣的基础上，与宝宝反复练习，在熟练的基础上自然背诵。

● 任何情况下都不要强迫小孩子，他不愿意阅读，父母要调整方式，寻找一种小孩子最喜欢的方式与他一起阅读。

【三】让 1 岁宝宝学画画

　　孩子的可爱之处，孩子的淘气之处，也令妈妈头疼之处就是孩子拿着笔不分地方的到处乱涂乱画。

　　干净的墙壁、整洁的被单、崭新的家具都是小淘气"抽象画"的诞生地，妈妈对此大冒其火，也许会责令孩子"不准乱涂乱画"，也许会叫他"外边玩去"而将他的注意力引开。

　　然而，孩子却大惑不解："我错了吗？我为什么错了？"

　　"大人想做事就做，我想画画为什么就不行呢？"

　　带着满脑子的疑问，小孩子被迫离开了"画室"，好在他们还不习惯与大人计较，又跑到墙角玩起了他心爱的玩具。

　　其实，小孩子爱到处涂画，那是他成长的表现，也是他视觉空间智能进步的表现，小孩子并不是存心捣乱而惹大人生气的！这是需要我们理解的。

○ 以语言引导孩子画画

　　前面已经谈到了 1～4 岁孩子的绘画处于涂鸦阶段，孩子这个阶段处于完全无目的的"乱画"期。但是，就是这漫无目的的乱画却是孩子视觉空间智能的具体体现。而美国儿童美术教育家凯洛对儿童 20 种基本类型涂鸦线进行研究分析，认为这些涂鸦线是人类的神经系统与肌肉高度协调的结果。所以，正确引导涂鸦期的儿童，无论是对孩子

视觉空间能力的培养还是视觉观察力的培养都具有很重要的意义。

孩子的涂鸦期也是他们语言发育的关键期，将涂鸦与语言结合起来，不但会促进儿童语言能力的发展，更有利于正确引导孩子的绘画。

实例1

当孩子正拿着画笔寻找合适的"绘画板"时，当孩子想画一个事物正不知如何表达时……妈妈将孩子叫过来："来，宝宝，过来，和妈妈一起画画吧！"孩子很高兴地过来了，亲子绘画也开始了："想画什么呢，想想吧？"（将纸和笔拿出来放在小桌子上）"妈妈给你铺好纸，这是笔，拿着吧，画什么？""是线条，这些是什么呀？"小孩子会回答你的："这，妈妈，头发，这黄豆芽，这，有绳子……"（1岁多的儿子这样回答的我，他在用画表达一种意思）这之间有联系吗？有心的妈妈要探究孩子的内心世界，即使他什么也不表达，只是你在那里一相情愿的想，但引导宝宝去做进一步的思考永远不会错："宝宝是不是说妈妈在菜市场买黄豆芽呢？（好像绳子没起作用，怎么引导呢）""哦，黄豆芽就像剪断的绳子，是吗？宝宝是这个意思吧？"

很多时候，妈妈可以帮助宝宝的画更富有活力、更富有生活化，如宝宝画了很多大大小小的圆圈和一些乱七八糟的线，该怎样帮他呢？妈妈也可以这样引导："来，宝宝，看看，你的画画的是什么？哦，这个圆是什么？"妈妈可以帮助连接一下，点上眼睛，可以让几个圆圈组合成为一条鱼。"哦，宝宝是想画一条鱼吗？很好，还有这些是什么（指那些线）？"妈妈要引导："鱼饿了，它要吃东西，吃什么呢？哦，宝宝这里给小鱼儿准备的有草，嗯，这些就就是小宝宝给鱼儿准备的草。鱼儿饿了，就吃这些水草吧！"

如果要让小孩子的画更生动，充满情感，就应该给孩子更丰富的生活体验。如宝宝要画大象，无论你怎么形容大象长得什么样，都不如到动物园让他亲眼看一下大象长什么样留下的印象深刻,当然观察真正的实物会让孩子体会也更真切, 所以才有艺术来源于生活的说法。

除了用故事般的语言引导宝宝画画外,还可以用儿歌引导宝宝画画。下面举一个实例。

实例2

宝宝喜欢那些朗朗上口的儿歌,有的儿歌他们可能已经会背诵了。选好这样的儿歌,准备好画画的纸和笔。如果宝宝想起要画画了,就与宝宝一起坐在书桌旁,或者小桌子旁边。"今天宝宝想画什么呢? 这样吧,今天宝宝将儿歌中的东西画出来吧? 想想,宝宝都会背哪些儿歌?"如果宝宝会背儿歌,就让宝宝画他背的儿歌吧,让他尽情地画,不管画得像不像。如果宝宝还不会背,妈妈就背一首:

　　小树林
　树林里,草儿绿,
　花蝴蝶,真美丽,
　飞过来,飞过去,
　红花儿,兰花儿,
　还有蜜蜂在采蜜。
儿歌中有草儿(竖线)、蝴蝶(几个圆圈)、花儿(半圆和圆)、蜜蜂(椭圆、半圆)。就这么简单的几笔,勾勒了一幅多美的林中图。宝宝会认为绘画太了不起了,还可以将自己不能写的,甚至不能读的东西通过画表现出来(也许暂时他不会这么想,但是长期的引导,他就一定会这么想,也一定会这么做,那就是用画笔表现生活)。

对自己的孩子该如何引导,父母要根据孩子具体情况不断总结,不断摸索。这里的实例只起抛砖引玉的作用。

○ 在游戏中学画画

根据婴幼儿心理和生理发育的特点，婴幼儿应该在游戏中学习。因此，小孩子学习绘画也不例外，在游戏中学习除了满足小孩子喜欢画画的兴趣外，还可以培养孩子其他方面的一些能力。

实例

材料：一张画纸、水彩笔或者水粉笔、小剪刀。

参加人员：爸爸、妈妈和小宝宝。

游戏目的：开发孩子的想像力和培养孩子的空间视觉能力，培养孩子的观察力，增强亲子关系。增加宝宝对绘画的兴趣。

步骤：让小宝宝在纸上随意地画。将宝宝画好的画剪成若干小块。将这些小块分成相等的两份。将人分成两组，妈妈和宝宝一组，爸爸在另外一组。把剪成的小块分给这两组。在规定的时间内组合图画，如依照宝宝画的为背景或主要内容自己添加几笔组合成为一个事物也可，一个简单的故事也好，看哪一组组合得又快又好。在游戏之后，妈妈要和小宝宝一起总结：小宝宝要在以后的绘画中逐渐画粗一点的线（妈妈要讲粗线可以看做什么）、半圆、三角形、椭圆、曲线（妈妈要和宝宝一起想像这些图形可以干什么，这样对宝宝发散思维的培养很有好处）等。

在宝宝的涂鸦期，父母可以创造很多的游戏与宝宝一起在玩中学习。

你知道吗

孩子学习绘画,父母要注意:

● 不要追求孩子画得像不像。

● 孩子画画时,大人不要在一旁不停地评论。

● 孩子长大一些了,学习绘画,不要过于追究每个细节是否合乎现实。

● 在孩子把画拿来给你欣赏的时候,大人不要表现出无所谓的态度,要与宝宝一起分享成功之处,找出不足的地方。

● 大人不要画给孩子看,或者要求孩子临摹。这样做会抹杀孩子对事物的统合、分配和安排的能力,也会钳制小孩子独创能力的发展。

● 不要擅自处理孩子的作品。

● 在孩子做画的时候放些轻音乐给孩子听,这样有利于发挥孩子的想像力。

【四】教 1 岁宝宝说短语

无论多么复杂的语言也是由短语构成的,孩子说话也是先说单个的词语,然后连词成句。

小家伙 1 岁半以后在语言方面发生了很大的变化,非常乐于接受大人给出的短语词句,一本认物的书,刚买回来不久就被他消化了,看着他如此强的接受能力,大人们开心极了。邻居同事们休息时间把他带出去玩耍,教给他很多家中大人没教过他的词语,没过多久,一串一串的短语词汇从他的嘴里溜达出来。人们都认为小家伙的语言天赋真的非同一般!

其实,任何一个正常的儿童在 1 岁半以后,其语言发展都进入最迅速的时期,只是有的父母没有去关注,更没有去有意识地引导。

一个正常的 2 岁儿童,能说出的词语应该达到 200 多个,如果孩子只能说出 100 个甚至几十个,那是父母或亲职人员的失职。不让小孩子处于语言环境中,他的语言发展就一定会受到影响。

○ 在生活中学短语

教育家陶行知的"生活即教育"理论非常适合用来指导婴幼儿的

教育。对婴幼儿来说,丰富多彩的生活本身就是一个大课堂。因为生活对他们来说是完全陌生的,无论是语言,人们的行为,还是他周围的万事万物,无论是主动还是被动,他都在不断地接受着。而且生活给他什么,他就接受什么。而利用生活让2岁以内的孩子习得语言也是很重要的学习内容之一。

生活中,词汇丰富,内容广泛,如早上床,给孩子穿内衣、穿外套、戴帽子、穿裤子、穿袜子、穿鞋子、戴围巾、叠被子等。其中"内衣"、"外套"、"帽子"、"鞋子"……这些名词该说给小孩子听,他会很快就会说的;再如起床后的洗漱,又会有"毛巾"、"脸盆"、"热水"、"冷水"、"水龙头"、"热水器"等等,看到小孩子叫不出来的,就要说给他听;还有,周末将孩子带到动物园,让他们认识并能说出一些动物的名称,大一点的孩子还可以给他讲一讲他感兴趣的那些动物的生活习性等,有条件的还可以把孩子带到海洋馆,让孩子认识一些海洋生物并能说出其名称。抓住孩子的衣、食、住、行、吃、喝、拉、撒、洗、玩耍、睡觉的时机,教给他不懂的词汇和短语,复习他已经懂得的词汇短语。因此生活中的教育内容是非常丰富而具体的,孩子可以在无意识中学到很多长大后进入正规课堂学不到的东西。父母也要抓紧这一时期,努力丰富他们的大脑,这对他们今后的能力、兴趣以及性格的发展都会有不可估量的作用。下面是一个在生活中学习的实例。

爸爸买回了大西瓜,要将西瓜分给全家人吃。

宝宝很兴奋,西瓜放在桌子上,对宝宝说:"**西瓜**"。如果以前没有关注西瓜的宝宝,会感到新鲜,也会跟着说"西瓜"。"怎么吃呢?这外面是**西瓜皮**,西瓜皮是不能生吃的,那吃西瓜的什么呢?宝宝,过来看看……"爸爸拿出水果刀,"哦,爸爸手中的这个东西叫**水果刀**,水果刀可以将西瓜切开,哦,看爸爸要**切西瓜**了,看看,西瓜里面藏的什么?"爸爸慢慢地将西瓜从中间切开,"哇,红色的,还有黑色的,这些什么呢?妈妈要告诉宝宝,红色的是**西瓜瓤**,西瓜瓤是我们要吃的,还有

黑色的,黑色的是**西瓜仔**,西瓜仔晒干了,剥了外面的皮可以吃,今天我们就吃西瓜瓤!""宝宝看见了吗?一个大大的西瓜变成了**两块**(数量词),一块就是半个西瓜,看,和在一起又变成了一个西瓜(变魔术似的,演示给小孩子看)。"然后将西瓜切成更小的块,将西瓜分给在场的人,也可以由小孩子先给每人送一份,然后自己吃一份。如果大一些的孩子要学习数学,还可以演示将西瓜切成 1/4、1/8 等,让孩子感受 1/4、1/8 个西瓜的数学概念。

在吃西瓜的十来分钟里,将与西瓜有关的词语教给小孩子。由于西瓜的味道,也由于吃西瓜的场景,如果大人在这几天不断复习,他会在几天之内就将有关西瓜的词汇记住,而且会说。

○ 在故事中学短语

小孩子对故事感兴趣,父母每天也要抽时间给孩子讲故事,在故事中学习短语词汇是一举两得的事。父母可以在孩子 1 岁半左右,有意识地在故事中强调一些短语词汇,这样,在故事听完以后,他就会对曾经强调过的词汇留有一定的印象。慢慢的,他的词汇量就增加了。怎样强调故事中的词汇呢? 有三种方式,父母在讲故事的时候要有意识的运用,一是在阅读这个词语的时候,用重音;二是故事中多次重复该词语;三是故事阅读完了,将这些词汇单独阅读一遍或者多遍,视宝宝的反应而定。下面是实例。

故事:迪科家的水果聚会(PARTY)
迪科家请来了方圆几百里都闻名的"咔咔"乐队,"咔咔"乐队的歌是水果们最爱听的。"咔咔"乐队就是来为一年一度的水果**聚会**助兴的。时间还早,水果们陆续来到迪科家。

要知道,去年的水果 party 是在园鲁鲁家开的,当时的热闹情景水果们还**历历在目**。而今年轮到迪科家了,为了给水果们留下更深刻的**印象**,他早早地请来了这么好的乐队。

听,**乐队**奏起了"金色的**秋天**"。哦,原来"秋天多多"水果代表队到了会场,"秋天多多"代表队在**香蕉**队长的带领下自信而豪迈地走到了会场中央。

接下来进场的是"**夏天热情**"代表队,乐队奏起了美妙的"**夏天**沙滩畅想曲","夏天热情"在紫衣**葡萄**队长的带领下谦逊地站在了"秋天多多"队的左边。

紧跟在"夏天热情"队后面的是"**冬天白雪**"队,乐队因此奏响了"冬日阳光"的音乐。"冬天白雪"队在高贵典雅的**橘子**队长带领下,踏着音乐的节拍,来到了"秋天多多"队的右边。

最后一个出场的代表队是"**春天希望**"队,乐队随之奏起了"春之歌"。"春天希望"队在娇小玲珑的**樱桃**小姐队长的带领下来到了"秋天多多"队的前面。

东道主迪科宣布聚会开始,首先是代表队的队长讲话,第一位上台讲话的是"春天希望"代表队的队长樱桃小姐。

樱桃小姐的讲话简洁而友好:"各位朋友,一年没见啦,我们很想念你们,我们代表队的队员较少,但我们把美好的希望留给了你们。"

接下来是"**夏天热情**"代表队的队长葡萄讲话:"朋友们,我们继希望而来,我们的队员很多很多,真希望人们有节制地利用我们,不然会引起身体的不适,如果因为多吃了我们而引起身体的不适,我们就感到很抱歉啦!"

香蕉队长也来到了讲台上:"各位来宾,各位朋友,久别了,我们秋天多多队队员也较多,他们个个内敛而稳重,**秋天**是收获的季节,所以我们常常看到的是一张张带着幸福笑容的脸,我们在这里也与朋友们分享一下这种幸福!"

最后一位上台的是**橘子**队长:"我们踏着白雪而来,我们愿意在寒冷的**冬天**,给人们奉上甘甜的味道和充沛的水份,

帮助人们抵御干燥的冬风。"

接下来是酒会和舞会,在悠扬的音乐声中,水果们欢笑着,友好的交谈着……

故事中的黑体字多次重复,或者需要父母阅读的时候加重语气,在故事讲完后,还可以将这些词语读一遍或几遍,这样,小孩子很快就会说这些词语了。

你 知 道 吗

孩子学习短语词汇时,父母要注意:

● 最好不要说儿语。

● 平时与孩子交流最好要用较正规的语言。

● 在学习一些短语词汇之后,要尽快巩固复习。

● 妈妈曾经教过的短语词汇,要多鼓励孩子说出来。

【五】给 1 岁宝宝讲故事

1 岁以后的孩子对故事更感兴趣了,只要妈妈肯讲,他们会不知疲倦地听,直到你承受不住为止。而且,小家伙会对你讲故事的时间形成条件反射,到了一定的时候,他认为妈妈一定会将好故事带来。

有一次,我下班后很累,回家之后就上床睡觉了。这时候,小家伙拿着故事书来到我的床边,把书放到我的枕边,我突然打了一个喷嚏,他转过脸来对我说:"吃点消炎药。"让我惊异不已,不知道他何出此言?

过了一会儿, 他又来到我的床边, 嚷着叫道:"妈妈, 故事, 读书。"这下我终于明白了,可能他以为我生病了,因此不能给他讲故事,所以喊我吃药,而平时他爷爷胃病犯了,奶奶会常说"吃点消炎药"。唉,居然给他记下了!

不管他出于想听故事的目的,还是出于其他目的,我都有点得意,毕竟儿子对我给他讲故事这件事已形成固有的兴趣了。

○ 边看图边讲故事

小孩子的故事书都要求配有精美的插图,这在前面幼儿读物的选

择中曾经谈到过。看插图阅读故事,一是可以引起小孩子更大的阅读兴趣;其次是那些优秀的插图可以引起孩子丰富的想像;三是从优秀的插图中,孩子可以得到美的熏陶,对小孩子的性格形成、兴趣爱好的培养都具有很重要的作用。对1~2岁的孩子来说,最好的故事绘本就是除了有精美而让人充满想像空间的插图外,还要求图画多文字少,最好是一幅图画下面配有少量的文字。下面就是看图阅读故事的一个实例。

有一个幽默故事,它的题目叫《傻猫钓鱼》。

第一幅画面的文字是:有只傻猫很喜欢钓鱼,可它的运气总是不那么好。一边给宝宝讲故事内容,一边叫宝宝看看画面:"宝宝,看到了吗?这只傻猫看着桶里的两条小鱼正发愁呢!"

第二幅画面的文字是:这天,傻猫像往常一样拿着鱼杆和鱼饵去河边钓鱼。"看,傻猫扛着鱼杆,提着一个蓝色的水桶,快步向河边走去,傻猫的样子可爱吗?"

第三段的文字:他钓了一上午,连鱼的影子也没看见。"宝宝,看看傻猫专注地看着鱼钩,可是就是没有鱼儿上钩啊,怎么回事?"

第四段的文字:傻猫生气地把鱼杆往地上一摔:"不行,我得想个办法!""看看画面上的生气傻猫!"

第五段的文字:"我把小鱼养在河里,等它长大了不就行了!"傻猫说。"傻猫正为自己想出的主意得意呢!看看他的样子。"

第六段的文字是:他把一条小鱼放在鱼钩上,然后用红细绳把鱼杆系在树上。"看看,画面上的傻猫做得很认真的!"

第七段的文字是:然后,傻猫唱着欢快的歌儿回家去了。"看,傻猫这下可高兴啦!"

第八段的文字是:傻猫在家里,心里却惦记着自己的小鱼。"看,傻猫在想着他的小鱼呢!"

第九段的文字是:这天,傻猫没耐性了,他急忙向河边跑去。"看他急匆匆的样子。"

第十段的文字是:他拉了拉鱼杆,感觉手往下一沉,"哈哈,没想到我的宝贝已经长这么大了!""看看,傻猫心里一阵高兴!"

第十一段的文字是:他使出全身力气往上扯鱼杆,却把钓鱼线给拉断了。"看,傻猫拿着断了线的鱼杆,什么神态?"

第十二段的文字:一条大鱼跳出水面说:"谢谢你救了我,我要走了!""看,好大一条鱼哦!"

第十三段的文字是:"不行,你是我一手养大的,你不能走!"傻猫指着大鱼大声嚷嚷。"看看,傻猫很生气,还感觉很奇怪吧!"

第十四段的文字是:"哦,你那条鱼早就被我吃了!"大鱼说。"大鱼那得意的样子!"

第十五段的文字是:"不是的,不是的!"傻猫坐在地上哭了起来。"看看,傻猫哭得好伤心啊!"

第十六段的文字是:可大鱼根本就懒得理他,一个跃身跳进河里不见了。"看,大鱼跳进了河里,傻猫呢?"

这个故事就是一句话一幅插图,很适合那些对文字还不敏感的2岁或者大多数3岁以内的孩子阅读。画面内容的处理,大人不要将你的理解完全讲述出来,讲完了,小孩子就没有想像的空间了,大人对画面尽量做到点到为止。

○ 边听故事边表演

前面谈到读儿歌,表演动作,其实,故事的阅读,也可以让孩子在阅读的过程中表演动作。让小孩子在阅读中表演是亲子互动在阅读中最好的表现方式之一。对2岁以内的小孩子来说,一边读故事一边表演,比单纯的"妈妈念,宝宝听"更能引起小孩子的阅读兴趣。但是,在阅读中表演动作,这对故事本身是有限制的,有的故事要一边读一边要求小孩子表演动作是不太容易的。能被小孩子表演的故事要有这些特点:一是故事的主人公要有鲜明突出的性格特点;二是要有一定的情节和可以表演的动作,便于小孩子表演;三是情节和涉及的动作不能太复杂。下面是这种阅读的实例。

那个椭圆形的、表面很光滑的是什么呢?(歪着脑袋思考问题的样子)笨笨熊看着墙上一个椭圆形的东西在发呆。说不定是比巧克力的味道还好的什么东西吧!不然,妈妈将它挂那么高干什么呢?就刚好父母能够得着的地方。是什么呢?嗯,今天趁父母都不在家,我得弄个明白。

于是,笨笨熊找来小木凳,小心翼翼地爬上木凳,伸手去取这个椭圆形的东西,(找个小木凳,在爸爸或者妈妈的协助下爬上去)可惜,无论他怎样往上伸手,就是够不着。该怎么办呢?咦!他想出了一个办法:将小木凳换成椅子吧!于是笨笨熊搬来了比小木凳高一点的木椅子,他爬上木椅子,(搬来木椅子,在大人的协助下爬上木椅子,并伸手去取东西)这回终于取到了,笨笨熊很高兴,(做很高兴的表情)拿着这个椭圆形的东西很小心地从椅子上爬下来。(下来,大人要帮忙,不要让小孩子摔倒了)

他拿着这个椭圆形的东西翻来覆去地看,"咦!为什么这个椭圆形的东西里面好像有个熊呢?"(很惊讶的样子)"不慌，看看这个东西后面有没有，可能是我的小弟弟藏在后面吧！"（这些动作都是小孩子可以做的）他伸手摸摸后面，"没有哇！"然后翻过来看看，也没看见。"这是谁呢？"笨笨熊感到非常奇怪。"你是谁？"笨笨熊问道。可是里面的那个熊的嘴巴也在动。"哈哈，我对你笑一笑，你可以告诉我你是谁了吗？"（做笑的表情）笨笨熊说，可是里面的那只熊也张开嘴笑了起来，也在说话。笨笨熊有点害怕了："不会是魔鬼吧？"（害怕的表情，怎么表演，可以与宝宝商量而定）

笨笨熊将这个椭圆形的东西又里里外外看了一遍（也是可以表演的），就是看到里面有一只熊，他越想越害怕，"究竟是什么呢？妈妈又从来没告诉过我。"想着想着，他终于忍不住哭了起来，他拿过那个椭圆形的东西一看：里面的那只熊也是哭的样子。（宝宝表演拿着镜子哭）正在笨笨熊哭得很厉害的时候，妈妈回来了。妈妈把笨笨熊抱在胸前，听完笨笨熊讲了刚才发生的一切。妈妈笑了，温和地对笨笨熊说："傻孩子啊，这不是魔鬼，这是镜子，你在面前，镜子里面就是你，如果是妈妈在镜子面前，镜子里面就是妈妈，来，你看，现在是你和妈妈在镜子前，这里面是不是有你和妈妈两个！看看，妈妈笑，镜子里的也笑，是吗？现在不怕了吧！""来，笨笨，擦干眼泪，对着镜子笑一笑。"笨笨熊擦干眼泪，对着镜子"呵呵"地笑了起来。（也可以要求小孩子对着镜子笑，看看自己什么样）"嗯，看到了吗？笨笨笑起来才好看呢，以后你要看看自己长得怎样，用镜子照一照就知道啦！记住了吗？"（妈妈将宝宝抱在腿上拿着镜子讲）

这下笨笨知道那不是什么好吃的东西了，是可以照一照自己是什么样子的镜子，后来，他还看到了姑妈家很大的穿衣镜，与表哥在公园玩的时候，还看到了公园里的哈哈镜。从此以后，他总是对小伙伴说："你家有镜子吗？你不要害怕镜子哦，它不是什么怪物，是能照出你是什么样子的一个东西！"

你知道吗

　　1岁多的孩子要训练借助其他工具去取站在地上够不着的东西，如搭个凳子给父母开门等等，表演这个故事的时候可以对孩子搭凳子取物进行练习。这些练习一定要在大人的监视、协助下完成，不要让小孩子单独玩这个游戏，以免宝宝被摔着。至于故事中其他的动作表演在大人的示范下，孩子会很快模仿表演的。其实，孩子在1岁以内就很喜欢照镜子，但是1岁之后的孩子对照镜子还是很有兴趣的，何况还有笨笨熊的故事呢！

第五篇 与2岁孩子共读

2岁多的孩子，逐渐从故事中了解到世界上的人分两类：好人和坏人。

我的儿子是在《白雪公主》的故事中知道好人和坏人的。有一段时间，他老是缠着我给他讲《白雪公主》的故事，讲了一遍又一遍，我都不知道讲了多少遍了。

一天，他突然对我说："妈妈，皇后是坏人！"

"哎呀，给他读了这么久，他终于可以分辨很明显的坏人了"。我对他爸爸说。

同时，我也感到很兴奋。孩子的每一次进步父母都会感到很欣慰也很高兴，还有兴奋。也许，天下的父母有此同感。

后来，他就知道了白雪公主是好人，王子是好人，七个小矮人是好人，而且对七个小矮人特别感兴趣。

每次听到别人说谁是好人，又做了好事时，儿子就会说："是七个小矮人。"别人听得云里雾里，只有我和他爸爸知道这是怎么一回事。

◆ 打下数学基础

◆ 培养语言天赋

◆ 理解故事内容

【一】订下数学基础

一般人认为数学都是抽象的，对2岁多的孩子来说，让他们学习数学是不是揠苗助长呢？但是即使教给孩子的是抽象的概念，而他的数学思维可能比大人还用得地道。

小家伙很调皮，我教给他"多少"的概念的时候，还没来得急教育他要养成先人后己的好品德，他就开始运用"多少"为自己争取利益了。

那天，小家伙的姑姑和表哥来到我家，我将吃剩下的开心果分给他们吃，我想孩子的表哥大一点，而且是客人，就给他的表哥多分了一些。小家伙看了看表哥的，又看了看自己的，就不停地拿他表哥的吃，我觉得这孩子怎么会这样呢？自己有总是拿别人的，太不讲理了吧。我对他说："你还是吃自己的吧！"他还是不停地拿表哥的，我觉得是不是教育上出了问题，但平时他不是这样的啊。

我大声地责备了他，这下，他带着哭腔说："哥哥的多，我少！"原来是这样，我们都笑了。姑姑就将表哥这边的拿了几颗给他，嘿，这下却没事了，自己吃自己的。

这说明什么？——数学是抽象的，但开心果是具体的！

○ 与数字交朋友

中国幼儿教育专家做过研究,发现0～3岁儿童,主要有两个数学能力发展的关键期:第一个关键期是在宝宝1岁10个月的时候,这个时期是宝宝掌握一个和许多量的关键期;第二个关键期是在儿童2岁半左右,这个时期是孩子计数能力发展的关键期。

2～3岁时期,恰恰就处在儿童数学能力发展的第二个关键期,也就是计数能力发展的关键期。即经过训练,小孩子可以在这个时期掌握口头数数、点数、背数、按数取物等。实际上,这几项能力在日常生活和阅读中都可以得到训练。下面是实例。

为宝宝买的有数字挂图的,挂图上第一页一个苹果,翻一下,下面一页两个苹果。如果宝宝已经懂得一个的含义了,就将画有两个苹果的那幅挂图放在上面。"宝宝喜欢吃苹果吧,今天我们要吃两个好大好甜的苹果,看,挂图上的苹果怎样?"与宝宝一起站到挂图前。"来,宝宝,我们来数一数,一(用手指一个苹果),二(用手指另外一个苹果)。数了,我们就吃苹果。"要鼓励宝宝跟你一起数:"来,我们一起数一数,一,二。嗯,宝宝真不错!待会儿奖励你大苹果!"然后拿出真正的苹果,将苹果放在果盘中。不能急着吃。妈妈要想办法复习一下刚才的点数:"大苹果,大苹果,甜又圆,嗯,果盘里的苹果有几个,让我和宝宝来数一数,一,二。宝宝自己来数一数(帮孩子伸开手指指着苹果一个一个的数)。"宝宝感兴趣就多数几遍,这种游戏式的点数,一般情况宝宝很喜欢玩,但有的宝宝急于吃苹果,妈妈不要着急,就让孩子吃吧。

你可能会问:"不是在点数吗?怎么就知道吃呢?"是啊,但是你要让小孩子不感到这是在学习才是你要做的。如果使小孩子觉得点

数就是"我想吃苹果的时候就是不让吃",这样做对宝宝来说,点数就成了惩罚,就会在孩子的心中留下"点数不愉快"的烙印。妈妈或者教育孩子的亲职人员一定要贯彻"对孩子的教育是不露痕迹的"原则。

你知道吗

　　无论是背数、点数,还是按数取物,还有倒背数,这些项目的训练目的都是让小孩子对数产生印象,对数产生兴趣;而其中培养孩子对数的兴趣是第一位的。

○ 学习数字儿歌

　　儿子对数数开始不是很感兴趣,这让我们有些担心。也许,随着年龄的增长,他自然就会数数吧。想是这样想,但总觉得还是应该培养一下他这方面的兴趣,要是将来上学了,厌恶数学可就麻烦了。

　　有什么好方法可以让孩子对数字产生兴趣呢? 我不停地用各种方法试,尽量让小孩子不要认为这是在与数字打交道。但很多方法都被小家伙识破了。

　　有一天,他在客厅里玩玩具,我便将儿歌放出来,一方面自己享受一下音乐,另一方面让小家伙也听听儿歌,我观察着,他对儿歌还是很感兴趣的,还跟着儿歌念念有词。就是放数字儿歌的时候,小家伙也听得很入神。突然间,我感到用儿歌的形式让他接近数字,他肯定会感兴趣。

结果正如我所料，随着几首数字儿歌的学习，背诵。小家伙不但能数数，而且慢慢地学会点几个数了。

2 岁的孩子阅读儿歌，题材可以是多样的。这些儿歌既可以用来训练儿童的语言，还可以用来增加他对其他知识的兴趣，如通过学习背诵数字儿歌，让孩子在儿歌中寻求对数字的规律，增加他对学习数字的兴趣，这是一举两得的事。

实例 数字儿歌

宝宝在学习数数的时候，一般是学习数自己的手指头，就是学习数 1 到 5，小孩子学习从 1 数到 5，然后学习从 5 数到 10。如果将数字 1 到 10 编成儿歌，可能小孩子更有兴趣学数字。

数字歌

一二三，爬上山，

四五六，翻筋斗，

七八九，拍皮球，

伸开手，十个手指头。

在练习数数的时候，父母可以先将这首儿歌教给宝宝，让他先学会背诵这首儿歌，然后练习学数数。这首儿歌可以配上动作。对于这个年龄段的孩子，妈妈如果要给儿歌配动作，可以参照宝宝的意见了。特别是儿歌最后一句的动作，每次在阅读或背诵的时候就伸开双手，逐渐地，他就会知道一双手的手指头总共有十个了。

如果小孩子要学习背数或者点数，就该运用其他儿歌或童谣数字歌了，学习点数就要与具体的事物联系起来，而且幼儿要通过大量的具体的数字联系才会最终达到质的飞跃，才会最终自己学会点数。所以，平时的儿歌只是帮助小孩子达到对点数的量的积累。下面是这种儿歌的实例：

实例 点数儿歌

只要宝宝有兴趣的时候,父母都可以带着他一起阅读或者背诵这些儿歌。下面这首儿歌,父母就可以一边与小孩子阅读一边或者用实物演示,或者用图画说明,或者用动作表演。总之,小孩子会越读越感兴趣:

数字歌

我数一,一一一,　　　　　　我数二,二二二,
一个指头就是一,　　　　　　二只耳朵左右排,
一块饼干一口吃,　　　　　　二只眼睛闭起来,
一颗花生送给你。　　　　　　二个鼻孔呼吸忙。

我数三,三三三,　　　　　　我数四,四四四,
三角形,三个角,　　　　　　你看那张小桌子,
三个帽子三个棍,　　　　　　四个小腿撑得起。
三角架子最稳定。　　　　　　用来读书和写字。

我数五,五五五,　　　　　　我数六,六六六,
五个小孩在打赌,　　　　　　六个杯子六杯水,
一、二、三、四、五,　　　　　　六个小孩口渴了,
输的小孩不要气呼呼。　　　　　一人一杯喝完了。

我数七,七七七,　　　　　　我数八,八八八,
七个矮人一个心:　　　　　　八个盘子桌上放,
救活公主齐使劲,　　　　　　八双筷子手中拿,
歹毒皇后吃一惊。　　　　　　饭菜凉了快吃吧。

我数九,九九九,　　　　　　我数十,十十十,
九月真是节日多,　　　　　　伸开双手数一数,
九月十日教师节,　　　　　　一、二、三、四、五……
九九(农历)重阳不忘老人节。　一共十个手指头。

这首儿歌较长，父母可以教小孩子一节一节的阅读，一次阅读一节或者两节，但要注意按照顺序阅读。熟悉一节之后阅读背诵接下来的一节。这首儿歌还有一个特点就是为便于宝宝背诵，尽量做到押韵和口语化。读起来不但朗朗上口，而且感觉亲切自然。适合 3 岁左右的小孩子学习背诵。

你知道吗

孩子学习数字儿歌时，要注意：

●学习数字儿歌可以让孩子多花点时间。

●学数字儿歌的时候可以配合数数、认数，如认门牌号等。

●学数字儿歌时还可以背数，如记住家里的电话号码、爸爸妈妈的电话号码。

○ 培养数学思维

小时候从大人那里听过一个笑话。说一个人对数不敏感，对万、十万的概念不理解。第一次去未来的丈母娘家，席间，姑娘的爸爸问他："小伙子啊，今年，你们那里收成不错吧！"小伙子很自豪地答道："嗯，不错不错，我们全村收了几万斤的稻谷，我家就分了几十万斤，今年大丰收！"听了他的话，姑娘的父母都没作声。饭吃完了，姑娘的父母把小伙子送出门外，对他说："以后你就不用再来了，你和我们相差太远了，没法沟通。"这是一个笑话，但是也说明了数学与日常生活的关系是紧

密相连的。而从小的数学思维培养也是必不可少的,当然,对两三岁的娃娃来说,让他们知道大小多少、远近宽窄、粗细厚薄、长短轻重、形状等都是很有必要的。

下面以大、小、一样大的概念举例。

拿出几个大小不一的玻璃杯,大小的差别要大一点。而其中有两个是一样大的。宝宝看到这么多的玻璃杯,可能感到很奇怪,然后你就要在旁边看着,对小宝宝说:"来,和妈妈一起看看这些明亮的玻璃杯,这里有玻璃杯哥哥,有玻璃杯弟弟,还有两个是一样大的,看宝宝能找出来吗?"把大小不同的两个玻璃杯拿出来,放在宝宝的眼前,不要让宝宝在众多的杯子中去找。"看看这两个,谁是哥哥,谁是弟弟?宝宝找一找,哪个是哥哥?"他如果能指正确,妈妈要说:"啊,宝宝真的真的很不错!"也可以用英语说:"good, good, very good!"然后告诉他:"玻璃杯哥哥是大玻璃杯,比这个弟弟要大,弟弟呢,就是小玻璃杯,它比哥哥要小。"如果宝宝不知道,妈妈就直接告诉他:"这是哥哥,大玻璃杯,这是弟弟,小玻璃杯,看看,大玻璃杯比这个弟弟大好多哦,小玻璃杯好小,大的是妈妈的,小的是宝宝的,好吧!"

"然后宝宝再看看这两个玻璃杯,看看,哪个大,哪个小?可得好好看看!"看了半天,可能小孩子不知怎么说吧!"宝宝也许分不出哪个大,哪个小,其实他们一样大。"然后再打开书本,有比较大小的书,在书本上具体教宝宝认识大、小、一样大的概念。书本上可能有很多的实物图,妈妈要与宝宝一起阅读直到他自己能准确无误地指出哪个大,哪个小,哪两个一样大。然后再教给他别的数学概念。

对3岁以内的孩子来说,读书和计算不是父母追求的目标,只要能让他们有一些简单的数学概念,开始培养数学的思维,培养他们对数学的兴趣就可以了。

你知道吗

2~3岁宝宝要接触的数学知识：

● 数数到 10~20，点数 7~10，背数 4 到 5 位。

● 形状至少认识圆形、方形、三角形，五角星、椭圆以及半圆等。

● 能比较有明显差别的物体。如大小多少，厚薄轻重等。

● 训练孩子分配东西。

● 训练孩子说数学语言，如"苹果比桃多 3 个"等。

● 要求认门牌号、公交车号等。

【二】培养语言天赋

不要认为孩子学习另外一种语言会难倒他,其实,在小孩子的眼里,没有难与不难之分,只有有兴趣和无兴趣之分。

小家伙在近3岁的时候,有人建议我们让他学习英语,因为我们条件很成熟:他的爸爸是翻译,英语很棒。但是我们又存在疑虑,儿童什么时候学习外语,现在都没有一个权威的说法,教育界和语言学界都还在为此事争论不休。

后来有位教育学教授的话提醒了我,在谈到儿童学习外语的时候,他说:如果都采取观望等待的态度,没有小孩子的人可以等权威结论,但是有了小孩的人,如果也要等,如果权威结论还有二十年才会出来,你的等待还有什么意义呢?

的确如此,我们就开始让小家伙接触英语。没想到,英语不但没难着他,相反的,他还对英语产生了浓厚的兴趣,看着他在录音机旁认认真真地听着英语磁带,我们不相信他是一个不到4岁的小孩子。虽然坐下来静听的时间不是很长,但是,我们的目的已经达到了:培养他对英语的兴趣。

○ 学习汉语句子

这个时期的小孩子已经开始学习使用复合句，也开始学习使用形容词。另外，练习使用人称代词也是这个时期的一个学习重点。所以，这个时期，父母可以给孩子购买专门的语言书籍。给3岁以内小孩子的语言书籍要符合这个阶段孩子的语言发育特点，要能体现训练的重点；而且要有色彩鲜艳、富有情趣的插图。当然，通过挂图和卡片来学习句子也是很不错的选择。下面是学习语言的实例。

实例 看书学习汉语句子

父母或者亲职人员，选择平时阅读的地方，与宝宝一起坐下来，或者把宝宝抱在腿上，让宝宝翻开书，观察宝宝翻书，看他是否是一页一页地翻，如果做对了，就要夸奖宝宝："宝宝翻书翻得真好，翻书的动作就像学生翻书一样。"如果宝宝还没有学会正确翻书，要继续教他，具体怎么做，前面已经谈到过。

翻开书之后，宝宝看到的是彩色的插图，宝宝感兴趣的也是书上的画面，好的，就对画面进行学习。假设画面是这样的：一座大房子，房子的外面下着雨，一个小孩子和妈妈站在房子的门口，妈妈拿着雨伞。小孩子的妈妈有一句话："因为外面下雨，所以我们出去要带雨伞。"

这样的情景，小孩子肯定比较熟悉，很生活化的一个情景！怎么与宝宝阅读呢？就从宝宝关注的画面开始："宝宝，你看到了吗？外面下着好大的雨哦，看看，这个雨点子好大，就像前几天我们这儿下雨一样。""下雨了，奶奶还带你到外面玩吗？""不了，大雨会把衣服淋湿的，奶奶说。"（2岁多的小孩子会跟你用语言交流的。）"可是，这位小哥哥和他的妈妈有急事要出去怎么办呢？""带雨伞！"（也许小孩子会这样回

答)不回答也没关系,让他想想吧,看多了,想多了,引导多了,他就会与你交流的。"哦,对了,他们要带雨伞,宝宝也是这么想的,宝宝真不错!""因为外面下雨,所以我们出去要带雨伞,对吗?""嗯!"(小孩子的回答)"为什么要带雨伞,因为外面下雨。"(大人自己说)"'因为外面下雨,所以我们出去要带雨伞'以后宝宝就可以对奶奶这样说了,奶奶一定会夸奖小宝宝的。会说了吗?""试一下吧,因为——外面——下雨,所以——我们——出去——要——带雨伞。一句一句跟着妈妈说。"如果宝宝会说,就应该赞扬他,如果他不太会说,也要鼓励他。不会说可能就是对"因为……所以……"这组关联词比较陌生,其实,学习这个句子就是让孩子学习连词。

宝宝在学习这些连词的时候,父母尽量将这些词语挂在嘴边多用,但是不能乱用,要句子当中用得着的时候就用。只要在日常生活中注意运用,一些简单的连词对小孩子来说很快就会学会的。

学习连词只是2~3岁小孩子语言学习中的一个项目,这个阶段的儿童还应该在阅读中学习形容词,只有将名词、形容词、代词、动词等灵活运用到自己的语言中去,小孩子的语言才会逐渐丰富而具有表现力。这些都需要在日常生活和阅读中不断练习。通过阅读学习形容词的办法很多,可以通过阅读挂图学习,可以通过卡片学习,还可以通过书本学习,这些学习方式也可以交叉进行。下面是通过挂图学习形容词的实例。

实例　形容词学习

买的挂图肯定有娃娃图,给2~3岁孩子看的挂图的人物也应该与孩子的年龄差不多,挂一幅留有长发的小女孩的挂图吧!与宝宝一起看着这幅挂图:"宝宝,看,这幅挂图上的小姑娘,她漂亮吗?""漂亮!"只要小孩子会说话了,他就会回答你。"还有,你看她的头发,你看,跟你的头发比一比,她的头发好长,是吗?""嗯,真是个漂亮的小姑娘!宝宝穿着漂亮的衣服,漂亮的鞋子,哦,还有漂亮的裤子。"(指指她的衣服、鞋子、裤子)"宝宝也很漂亮!""看,这个小姑娘,有长长的头发!""这个漂亮的小姑娘,她有长长的头发。我是漂亮的小宝宝,我留着短短的头发!"无论怎样,"我是漂亮的小宝宝"是会说的吧?

对于一幅挂图,能用得上形容词的地方很多,父母可以根据宝宝掌握的情况进行灵活变动。书中所举出的实例只是参考,实例的另外一个内容就是加深"究竟宝宝在这个阶段该训练什么项目"的印象。

这个阶段,宝宝主要训练有简单连词的句子,有形容词的句子。所以2岁以后的小孩子的训练不再以词为重点了,即使是训练运用这些词语也是在句子中训练,不是单个词语的学习。

○ 开发第二语言

2岁以后的小孩子,可以接受另外一种语言(母语之外的语言)的学习,小孩子的模仿能力是很强的。所以,在这个阶段学习母语之外的另外一种语言,他不但会模仿,而且比成人学起来轻松。

但是,对于一般的家庭而言,要让孩子学习另外一种语言还是有困难的。那些不懂外语和没有时间与孩子一起学习的父母,则选择将孩子送到双语学校或者外语培训机构。

有些英语学习班遵守幼儿语言发育的特点,采用的是比较科学的教学方法,孩子学了之后能够收到较好的效果。但是有的学习班由于追求利润最大化,老师质量差不说,办学理念不科学,为了迎合望子成龙、望女成凤心切的家长,他们采取强制方式让小孩子学习。这样不但不会让宝宝学到知识,还会让小孩子厌恶所学习的语言,对孩子将来的学习产生很大的负面影响。所以父母在给孩子选择学习班的时候,

不但要好好考察，而且要跟踪调查，发现孩子在情绪上有任何不正常的反映都要弄清原因，千万不要将孩子送出去就了事。

学习外语的模式是多种多样的，有早教专家归纳了下面几种学习模式：

◆ 全情景学习法

要求父母有很高的外语水平。能随时随地给孩子两种或者两种以上语言的刺激，使孩子在不知不觉中模仿、领悟、记忆和运用这些语言。这是世界上最简便、最廉价的外语学习法。

◆ 半情景学习法

要求父母有一定的外语素养，有正确的语音、语调，能说常用外语。这种模式方法得当，效果也较好。

◆ 共学诱导法

这种模式适合完全不会外语的父母，要求在亲子共读中使用外语录音带和录像带。专家指出："共学"是一种手段，目的在于极大地激发孩子学外语的兴趣。

现代父母或者将来的父母，对外语一点都不懂的可能是少数，所以下面就以半情景学习法举例。

给孩子买回一套外语(以英语为例)书，对2～3岁的小孩子来说，使用学习外语的挂图和卡片比较好，也可以给孩子准备书本。在教孩子学习英语之前，父母除了准备书籍、挂图、卡片之外，还要给小孩子准备一些实物，或者自作的小卡片。以学习身体部位为例，当然鼻子、耳朵、嘴巴、眼睛、脸都随身带着，这个不需要准备实物，但可以准备小卡片，小卡片上画有鼻子、耳朵等身体部位。

准备工作做好以后，就可以跟宝宝一起学了。如"Baby,

come here, look, this is a mouth ."（妈妈指着小卡片说，宝宝一看画面就知道那是嘴巴）指着小卡片多说几遍，"This is a mouth."然后表演"my mouth"，就要用手指指自己的嘴巴。然后指着自己的嘴巴说："This is my mouth ."然后指着小孩子的嘴巴说"your mouth，this is your mouth ."当然后来你就可以给宝宝说这是我的"mouth"（指着自己的嘴巴）。然后你就指着宝宝的嘴巴说："宝宝，这是你的mouth"。这样反复不停地说，在玩的时候说，坐着的时候可以说，站着的时候也可以说。过不了多久，宝宝就会知道"This is my mouth"的意思了。

脸上的部位学完了之后，可以与宝宝一起做游戏。游戏可以很简单，如妈妈指器官，宝宝说英语，或者宝宝指器官，妈妈说英语等。在语言学习的过程中，父母要多创造游戏，让宝宝在游戏中学习，这样学习对宝宝的发展很有好处。

你 知 道 吗

　　在学习、游戏的过程中，有些内容的学习是需要准备实物的。如果学习水果类、玩具类、食品类等最好尽量准备实物，实在找不到实物的，就可以用小卡片画上实物图，父母也可以

在网上下载。总之，不要让宝宝感觉是在痛苦地学习，而是在快乐地玩耍。儿童的教育都要达到这种效果，也必须达到这种效果，否则，对宝宝来说，就是一种伤害！

○ 学习英语儿歌

现在多数中国人都将英语作为母语之外的另外一种语言加以学习。而对小孩子来说,英语儿歌就更能让他们对这种语言产生学习兴趣,所以适当让小孩子听听英语儿歌可以帮助孩子学习英语。下面是英语儿歌学习的实例。

首先,父母要在书市和商场给宝宝买回磁带、录音机,有的父母不懂英语,没法教;有的父母懂英语,但是很多发音不准确,不能教;有的父母就是海归派,但只阅读,没有相应的音乐,不好教。而英语儿歌磁带都是带有音乐的,正版的磁带,发音准确而地道,很适合小孩子跟着阅读。而在一旁的父母干什么呢? 不同的儿歌可以安排不同的活动,就与宝宝一边学习儿歌一边做活动吧! 当然,最好买搭配磁带的儿歌书更好。

如下面一首英语儿歌:

TWO LITTLE EYES

两只小眼睛

Two little eyes that open and close.

两只小眼睛张开又闭上,

Two little ears and one little nose.

两只小耳朵一只小鼻子。

Two little cheeks and one little chin.

两边小脸颊一个小下巴。

Two little lips with the teeth close in.

两片小嘴唇里面是牙齿。

这首英语儿歌,父母和宝宝完全可以一边阅读(背诵)一边表演。

实际上这首儿歌就是训练小孩子认识自己身体部位的。在阅读的过程中，父母可以不给出相应的中文意思，一边阅读一边表演，熟悉之后，小孩子很自然就会明白儿歌的含义了。

你 知 道 吗

　　2～3 岁是儿童初学说话的关键期，这个阶段也是儿童语音意识开始形成的时期，而语音意识的形成和发展使儿童语言学习的活动成为自觉的活动。所以这个阶段的孩子是开始学习另外一种语言的较好时期。

【三】理解故事内容

　　星期天,我们一家人去公园玩。累了后,我们都坐在一棵树下休息。儿子提出要我给他讲一个故事,我就随口给他编了一个《小小理发师》,因为我们家不远有一个叫做"The hairdressers of magic(魔发师)"的理发店。我学着理发师的模样在他的头上试验。逗得小家伙哈哈大笑,我敢肯定,这个故事将给他留下深刻的印象。果真如此。回到家后,每天他都会到理发店去逛逛。

　　没过多久,只要我在家里坐下来休息的时候,他都会学着理发师的样子给我们洗头、剪头发……他胖乎乎的小手在头上轻轻按摩,还很舒服。他爸爸笑了：这就是对你给他讲故事的酬谢吧!

　　后来,他还准备了洗发水、各种染发剂、各种剪刀、吹风等,当然,这些都是用玩具假装做成的。看来,我们的宝贝近期理想是当个理发匠啦。

○ 读故事答问题

　　2~3岁的宝宝已经能回答一些简单的问题了,如"谁"、"在哪里"、"干什么"、"谁好"、"谁坏"等,在宝宝听完了故事后,妈妈可就故事的内容提一些简单的问题让宝宝回答。这种阅读故事的方法是达到亲子互动的最简单的方法,也是调动宝宝重温故事情节较好的一种方法。另外这个时期的儿童喜欢问的问题是:"这是什么?"这句话就像小孩子的口头禅一样;然而,这却是他探索问题的开始,大人要耐心回答他,不要表现出不耐烦而挫伤了孩子提问题的积极性。

下面举一个一边阅读一边提问的例子。

郎尼的圣诞节

(对题目的问题:宝宝听了故事后要回答妈妈,郎尼是谁?)

圣诞节要到了,小羊郎尼告诉爸爸妈妈,他很想要一只小马驹。

(问题:宝宝知道郎尼希望在圣诞节收到什么礼物吗?)

平安夜,大家把圣诞树打扮得十分漂亮,还挂上了长统袜。

(问题:宝宝注意哦,他们挂长统袜干什么呢?)

第二天一早,小羊郎尼和姐姐去拿树上的长统袜。姐姐收到了很多礼物,郎尼却什么也没收到。

(妈妈的话:哦,原来在平安夜,圣诞老人晚上给孩子们送礼物,将礼物都放在长统袜中的。现在宝宝知道长统袜是用来干什么的吗?)

(如果宝宝回答"放礼物的",妈妈就该夸奖宝宝回答正确)

郎尼很伤心,他抱着姐姐哭了起来。郎尼越哭越伤心,他独自一人跑到马厩里哭了起来。妈妈过来安慰一下郎尼,却被他一把推开了。郎尼坐在地上,看见街上那些开心的孩子,可伤心了。

(问题:宝宝,你看(指郎尼伤心的画面)郎尼好伤心好伤心哦,你知道他为什么这样伤心吗?)(引导宝宝回答:因为……所以……前面学过的,还可以与孩子的经历联系起来,过春节的时候,小朋友都有好玩的玩具,如果你没有,你会不

会伤心呢？）

　　郎尼回头一看，爸爸站在窗口，脸上挂着担心。两个小时过去了。突然前面小狐狸骑着一只很漂亮的小马驹。

　　（问题：谁为郎尼担心？谁骑着漂亮的小马驹？）

　　郎尼看了，高兴地跳了起来。小狐狸骑着马驹在门口停了一下，然后又走开了。郎尼很失落，他趴在台阶上痛哭起来。不久，小狐狸又回来了。原来，他在找一个叫郎尼的小孩。郎尼马上说自己就是。"这是你的小马驹，是你爸爸特地买给你的！"

　　（问题：宝宝，你知不知道小狐狸找谁呢？小马驹是谁给郎尼买的？）

　　郎尼听了可高兴了，他骑上小马驹飞快地向马厩奔去。家里人看到郎尼骑着小马驹回来了，都非常开心。

　　（问题：宝宝知道郎尼最后得到小马驹了吗？）

　　这个故事是孩子和妈妈一起看着插图阅读的，也许孩子会对其中的画面不停地问：这是什么？那是什么？妈妈要回答他。如孩子指着一幅画问道："妈妈，这是什么？""哦，宝宝问这个啊，这是郎尼骑着小马驹，看他多高兴，旁边的小朋友好羡慕他哦！"总之，保护孩子问问题的积极性。

○ 学习日常用语

　　在故事中学习这个阶段孩子该接受的知识，一方面孩子会对这些知识感兴趣，另一方面可以达到孩子在无意中学习知识的效果。这个阶段的孩子可以用手比划或者用口回答反义词。说或者表演反义词，宝宝就会对这个词的意义有更深入的了解。这个时期该让小孩子知道一些礼貌用语，而且要教会孩子在哪种情况下用哪种礼貌用语。

赛克的星期天

星期天的早晨,赛克从梦中醒来,床上的小猪熊提示器一见赛克醒来,马上提醒小主人:"小赛克,早上好,现在是上午八点十二分!"赛克立刻穿好衣服跳下床,床下面的消息管理器看到赛克起床了,也马上发出了消息:"赛克,你好,我是姑妈,我将和你的表哥和表弟十点钟到你家,希望你在家等我们!"

赛克急急忙忙地洗漱完毕,吃了面包和水煮青菜,喝了牛奶,来到客厅准备收拾屋子,客厅墙上中间的气象服务器的红灯亮了,赛克知道是天气预报。服务器开始讲话了:你好,现在向你播报本城市未来10个小时的天气情况:天气晴朗,室内温度14~8摄氏度,室外温度16~7摄氏度,风力小于2级;着装指数为:一件衬衣外套薄毛衣一件;旅游指数:适合旅游,带一件添加的衣服即可。天气预报播送完毕,祝你过一个愉快的星期天!再见!赛克一边收拾着房间一边听着天气预报:嗯,今天天气不错,正好与表哥、表弟到外面玩玩!赛克心想。正在这个时候,气象服务器右边的"妈妈消息器"响了:亲爱的赛克,在家过得好吗,知道你很想妈妈,妈妈上午11点就会回到家,妈妈不在的时候,你可以照顾自己,你太棒了,孩子!妈妈刚说完,气象服务器左边的"爸爸消息器"发出了爸爸熟悉的声音:赛克,让爸爸值得骄傲的孩子,爸爸知道你一个人在家很寂寞,但我知道你一定会克服这些困难的,爸爸下午就会回家,现在在商场为你出色的表现买奖品呢!

听了父母的话,赛克心里美滋滋的,知道一定得亲自将家里收拾得干干净净,摆放得整整齐齐,给父母一个惊喜,说不定姑妈也会夸奖我呢!赛克一边想一边做着自己能做的:擦桌子、拖地板、整理床铺、将玩具放整齐……赛克很快就将家里收拾得干干净净。

手腕上的信息手表显示姑妈和表哥、表弟到啦,好久没

见他们了,快点为他们开门,他们已经站在门口了:哇!都认不出来了,姑妈左边站着一个高高、瘦瘦的男孩,右边站着一个个子较矮、胖乎乎的男孩。赛克忙上前说:"姑妈,您好,请进!"然后又对表哥说:"表哥,你好!"最后赛克握着矮个子男孩的手说:"表弟,你好!快请进屋吧!"还有,表哥的胸前抱着一个箱子,背后背着一个挎包。姑妈说:"赛克,看看箱子里的礼物,是表哥和表弟送给你的,打开看看!"赛克迫不及待地打开,看到了这个礼物,他几乎惊叫起来,原来这件礼物是赛克向往很久的"非洲神象"。挎包里还有好多赛克爱吃的东西呢!

赛克和表哥、表弟以及姑妈分享了好吃的东西以后,姑妈就陪他们一起玩起来了,时间很快过去了,赛克的消息手表显示妈妈到家了,赛克给妈妈开了门,看到家里的客人和收拾得整齐、干净的房间,妈妈真是太高兴了。

妈妈坐下来和姑妈聊起了工作和生活,赛克和表哥、表弟一起玩。正当他们玩得很开心的时候,爸爸出现在了门口。赛克立刻跑过去抱住了爸爸,爸爸也紧紧地抱住了赛克,但赛克没有忘记爸爸早上说的给他的奖品。"爸爸,先看看你给我的礼物吧!"爸爸拿出了送给赛克的礼物,赛克真是高兴极了,这是他最喜欢的魔术猫,这时妈妈也拿出了赛克最喜欢的风靡全球的"迪迪勇士"的彩绘读本。可是赛克转念一想,表哥、表弟给我送了礼物,我该给他们也送点什么吧!哦,对了,就把父母给我的礼物送给他们吧,正好一人一份,赛克这样想着,他虽然这样想着,可是他心里还是舍不得那两样礼物。爸爸看出了赛克的心思,就对他说:赛克,就送给他们吧,你看,他们给你送了礼物,而且,正好三份礼物,你们一人一份不是很好吗?好东西就是要与大家一起分享吧!赛克在爸爸的开导下终于想通了,就将父母送给自己的礼物送给表哥表弟吧!

表哥和表弟得到赛克的礼物,真是高兴极了,大家都夸赛克越来越懂事了。

　　这个故事中有对反义词的练习,有礼貌用语,有天气预报的术语,这些都是2~3岁孩子要知道的,也是要训练的项目。这个故事的有些情节还可以让宝宝表演,表演的目的是让宝宝对故事情节加深理解,对这些反义词的意义加深理解。

第六篇 与 3~6 岁孩子共读

3~6 岁的孩子，随着身心的不断发育，对亲子共读的要求也在不断提高。

有一次，儿子一个人坐在沙发上乐滋滋地看动画片。我自己则在旁边阅读一篇优美的散文。当我陶醉其中时，我开始念出声来。等我读完了，儿子跑到我的跟前说："妈妈，你再读一遍吧，我还想听。"这真是个意外的收获——原来他一直在听我阅读。我知道他不一定能听懂什么，但是他能感受到。至少他觉得听起来很舒服。我告诉他，那是大作家海明威写的一篇散文。后来他每天晚上都要我给他阅读一篇散文，再后来他说他要写散文，逗得很多人发笑。

有一天，他在图画本上又是画又是写，还有杂志上的那种排版的样式，他说他在写散文。就如同早教专家说的那样：孩子不知道什么是难，你给他什么他就接受什么！

◆ 学会欣赏"美"

◆ 提高语言能力

◆ 培养计算能力

【一】学会欣赏"美"

儿歌、童谣一直陪伴着儿子成长,让他在成长的过程中多一些快乐的体验,也让他感到生活是那样的美好!

有一次到一个物质条件较差的山村去,我们感到那里的人生活好艰难,都很同情生活在那里的人。但是那里的环境很好,蓝天白云,空气清新。

我们问小家伙喜不喜欢这里,他的回答是:"我不想走了,就在这里玩!"我们问他这里什么好,他说:蓝天白云,儿歌里说的。

我们猜想他的意思应该是儿歌里说的那些美好的东西在这里可以见到,这里当然很好。而且看到他确实感到非常开心,非常满足,同行的有的说,他是感到挺新鲜,所以觉得好玩,如果待久了,他自然就不喜欢这里了。

这个问题引起了我的深思:为什么在孩子那里很简单的事情到了成人那里就变复杂了,在小孩子那里只有欢乐到了成人那里却变成了伤感?

很幸运的是,儿子能感到如儿歌中描绘的美好事物,那就是快乐的。

○ 描绘儿歌中的美景

这个时期的孩子对语言有了较强的领会能力,特别是五六岁的孩子对内容较复杂的儿歌童谣都能领悟其中的一些意思。而4岁以后孩子的绘画由涂鸦阶段过渡到了象征阶段。这个时期,孩子的画不再是按照自己身体的动作乱画了,而进入了创造有意义的形体的另一个阶段了。如可以用画表现小朋友在一起玩,人们从世界各地坐车来北京参加奥林匹克运动会等。所以可以将儿歌与绘画结合起来学习,不但能够丰富孩子的想像力,还能够激发他对儿歌绘画的兴趣。

下面是这种儿歌阅读方式的举例。

妈妈和孩子一起选择一首儿歌吧,这个时候,孩子可能已经认识一些字了,妈妈可以给他一本儿歌(插图较少的)书,让他连认带猜地读,读完之后让他说说儿歌说的什么,如果他能够说出大概意思,妈妈就要指着字带领他一起阅读。如果他完全不知道儿歌的意思,就读给他听,然后讲一讲这首儿歌的意思。读2~3首,然后让他自己选择一首儿歌,把儿歌的意思用绘画的形式表现出来。

如妈妈与小孩子阅读下面这首儿歌,读完之后就让小孩子对儿歌的理解画一幅画:

小猴摘桃

小猴子,摘桃子,

手里提着大篮子,

一边摘,一边吃,

剩下一篮桃核子。

孩子如果对其中有些地方的意思不明白,他会问的。或者他不知道"大篮子"是什么,妈妈可以用当地的方言给他解释,也可以拿一个篮子给他看看。如果他问道"桃核子"是什么,你也可以用方言给他解释,当然吃桃子的时候要给小孩子解释什么是桃核子,我们吃的是桃核子外面的桃肉,桃核子很硬,不能吃。

弄明白意思之后,妈妈可以在旁边看着小孩子画,如果他有什么不明白的他会问你的,你也可以帮他描绘情景:一

棵桃树上,挂满了熟透了的桃子,树上有一个挎着篮子的猴子,他摘下桃子就在树上吃,然后将桃核子放入篮子中,篮子里面已经装了好多的桃核子,这只贪吃的猴子!

　　小孩子画完了,妈妈可以让他讲一讲画面的内容,有些画面可能与实际情况不符,但是妈妈不要纠正,这就是儿歌的内容或者孩子的生活经验在孩子头脑中的反映,还有的也许就是小孩子的创造呢!你只能引导他:"看,你想一想这里还可以画点什么?""哦,看看还有什么要补充的吗?""自己看看需不需要调整?"(对大一些的孩子讲话多用商量的口气)当然,如果有的地方画得有创意要及时给孩子以表扬。

○ 似懂非懂读诗歌

　　对于诗歌和散文,孩子可能对其中所表达的深沉意境无法理解。但是,让孩子欣赏和接触优秀的诗歌和优美的散文也可以使其在潜移默化中陶冶情操。有时还会带动他对很多文学艺术形式的关注。

　　有一天,电视里播放着两个演员演的双簧,节目中提到李白的《静夜》诗:"窗前明月光,疑是地上霜。举头望明月,低头思故乡。"儿子一听到这首诗歌,注意力就被吸引过来了,非常认真地看完了这个节目。后来他就问这叫什么,我们告诉他这两个演员表演的是"双簧"。他似懂非懂地点点头。

　　后来过了一段时间,他突然蹲在我的背后,要求我按照他说的做动作,我问他干什么,他说我们演"双簧"。哦,这孩子,还记着那个节目呢。"好的!"我答应和他一起表演。儿子在背后认真地背诵着,我在前面努力地表演着。我们的节目虽然没有专业演员表演得那样地道,那样好,但是我们心中充满了欢乐。

　　这种阅读方式父母可以借助磁带,市场上有配有音乐的诗歌磁带。父母可以买一本与之相配的配有插图的书。与孩子一起听着他喜欢的音乐,听着富有感情的朗读,然后看看图画。父母也可以与孩子一起选择音乐,让孩子伴着音乐阅读。

下面是诗歌的阅读举例。

爸爸或者妈妈准备好阅读的材料:录音机、磁带、书。首先可以跟小孩子看看这首诗,看看给诗歌配的图画。然后对孩子说:"诗歌是要带感情朗诵的,如这首《回乡偶书》,在阅读这首诗歌的时候,要有对家乡无限热爱的感情,就像你非常非常喜欢奶奶那里一样(举出他特别喜欢的地方)。我们可以听听磁带里这位叔叔是怎样有感情的朗诵的。"打开录音机与爸爸一起听:优美的音乐,富有强烈音韵美的诗歌,可能将孩子带入一种想像之中,他不能进入想像之中,也可以让他安静下来听听音乐(要不时地让孩子静一会儿,这样对孩子将来认真思考问题很有好处, 一天都安静不下来的孩子,父母要训练孩子学会安静)。"哦,你认为他阅读得好吗?你能不能阅读甚至背诵这首诗歌呢? "(如果孩子感兴趣,你就让他多听几遍,或者和他一起阅读几遍)

如果在春暖花开的时节与孩子一起阅读一首《春晓》,这首诗歌孩子很可能还是胎儿的时候就听过。没关系,出生后与父母一起阅读也别有情趣。

妈妈可以带着一种非常快乐而又感到时间过得很快的表情示范:

春晓

春眠不觉晓,

处处闻啼鸟。

夜来风雨声,

花落知多少。

你的表情可以让孩子慢慢领会到一些东西,他也会学着你的样子慢慢阅读的,当然,不要强迫孩子硬背。如果在阅读的过程中,他很自然的就能背诵了,这也是很正常的事。

你 知 道 吗

阅读诗歌的时候需要给孩子讲诗句的意思吗？这个问题要视孩子的情况而定，如果孩子对某些诗句提出了问题，父母就该给孩子讲一讲。如果自己弄不清楚，可以与孩子一起去查资料弄清楚了再给孩子讲解。

散文的阅读也可以运用这种方法。

○ 图画帮助理解诗歌

专门供小孩子阅读的诗歌散文的图书配有较精美的插图，这样可以引起孩子对其中的诗歌、散文产生阅读的兴趣。不但如此，孩子还会对插图产生想像，从而在阅读诗歌的同时，对孩子的想像力也进行了培养。

父母可以选择一本适合孩子阅读的、配图精美的诗歌或者散文读物，与孩子一起阅读其中的文字内容，欣赏其中的插图。建议在父母阅读文字内容之前，让孩子看看图画，鼓励孩子说出他所观察到的内容。然后让孩子猜猜这些文字大概是写什么的（难度提高，父母不要担心，阅读活动做好的孩子会说出一些内容的，而且有可能让你大吃一惊）。

下面是这种阅读的例子。

翻开图画书，和孩子一起看看书上的图画。叫孩子指，你看，以前可能很多时候都是你指给孩子看。孩子大了，让他们指图画，你跟着孩子指的看就行了。他们也会按照自己的观

察角度和对画面的感受进行观察,妈妈还可以顺便了解孩子对事物的观察习惯。下面是一篇有名的幼儿散文:

落　叶

秋风起了,天气凉了,一片片树叶从树枝上飘落下来。树叶落到地上,小虫爬过来,躺在里面,把它当做房子。树叶落在水沟里,蚂蚁爬过来,坐在上面,把它当做小船。树叶落在河里,小鱼游过来,藏在地下,把它当做小伞。树叶落在院子里,小燕子看见了,说:"来信了,催我们到南方去。"

——选自学前班 上学期 《语言》(华中师范大学出版社)

这是一篇充满童趣而又很优美的幼儿散文,这里举这篇散文为例,一方面说明阅读散文的方法,另一方面也是让父母参照幼儿散文的样式购买幼儿散文读物,父母不要一看见写有"幼儿散文"的书就买,有的书里面收集的散文不太适合幼儿阅读。

就这篇散文,其配图首先应该有落叶,这是散文的主体;还应该有树木,没有树,就没有叶子,无论以哪种形式表现,都要能在图画中让孩子一眼就能看出来;还应该有散文中所提到的小虫、蚂蚁、小鱼等小动物。整个画面,让人们感受到的不是秋风扫落叶的萧瑟,而是季节更替变化给小动物们带来的欣喜和欢乐,很适合孩子的心理特点:小孩子往往对变化的东西感到好奇和兴奋,可能大人有时候也很希望有新奇的事情发生!

看了这些画面之后,妈妈可以让孩子自己阅读试一试,因为有的孩子已经能认识几百甚至上千的字了,他们自己阅读的时候,借助画面,可能就能将意思理解得差不多。妈妈也可以和孩子一起阅读,妈妈如果感到比较为难,也可以让磁带和录音机帮忙。父母与孩子来个配乐散文欣赏也是一个很不错的选择!

诗歌的阅读也可以选择这种方式。

你 知 道 吗

　　3～6岁的孩子阅读儿歌、童谣,父母需注意:

　　● 古诗词的理解对孩子来说难度较大,所以父母在与孩子阅读诗歌散文这种文学形式的内容时,基本上要让孩子采取不求甚解的阅读方式。

　　● 孩子对儿歌、童谣可能容易背诵,但要背诵诗歌、散文可能要稍微多花一点时间,父母不要强迫孩子背诵。

　　● 如果孩子对诗歌、散文感兴趣,可以让孩子看看诗歌、散文的碟子,父母一般要陪着孩子看,这样也可以算作亲子共读。

　　● 在孩子听录音磁带的时候,父母最好也陪着孩子一起听。如果他自己听得非常认真,父母这个时候就可以让他单独听。

【二】提高语言能力

　　小孩子接受一种新的语言可能比成年人要容易许多。

　　一位家长很自豪地给我们讲述了她的女儿帮助一位店主做成一笔买卖的故事：她的女儿在一个双语幼儿园读书，回家后,她也常常和女儿一起学习英语,女儿很快就对英语产生了浓厚的兴趣。有一次,他们带着女儿一起逛街,当他们走进一家花店,花店的老板正和一个外国人在那里比比划划,交流起来好像非常费劲。女儿对爸爸妈妈说:"这个外国人说的英语。"妈妈随便说了一句:"你能帮他们吗?""可以!"真是初生牛犊不怕虎,让她去吧。这位家长当时这么想。正想着,女儿就过去了。女儿很有礼貌地和那位外国人打了招呼,就和他聊起来了,虽然有些话孩子也听不懂,但借助动作,她大概就知道了这位外国人的意思:他想买49朵玫瑰和7枝粉红色的香水百合送给他的房东,他来到中国,这位房东给了他很多的帮助,今天是房东49岁生日,但他只愿意给花店老板49元人民币。经过双方的讨价还价,买卖终于成交了,花店老板将所有的关于"前途无量"之类的夸奖词对女儿说了好多遍,还专门给女儿买了一根冰淇淋,并亲自扎了一束康乃馨送给了女儿。

　　说话间, 这位妈妈带着甜蜜的、自豪的、憧憬的微笑……

○ 读图画，学说话

　　这个时期孩子的语言训练项目有：看图说话、同义词练习、懂得一些词组的意义……在诸多的训练项目中，看图说话是一定要训练的，看图说话其实就是父母给孩子提供了一个表达的机会。孩子会在自我表达中提高语言的应用能力。如果孩子在看图说话的过程中能得到父母的鼓励和夸奖，就会建立自信心。所以，在亲子共读活动中，我们强调3岁以后的孩子要注重看图说话练习。所以，在3～6岁孩子的"语言世界"中就将以看图说话来举例。

　　看图说话的材料是很多的，可以说随处可见，如与孩子在街上走，看到一些宣传广告画面，可以让孩子说说他所看到的。如看到一幅"比撒斜塔"的大画面，他可能会对这个塔发生很浓厚的兴趣，父母就可以与孩子停留在图画前，鼓励孩子就看到的内容说几句。当然也有专门训练孩子看图说话的读物，父母可以与孩子一起在书店里挑选一本孩子喜欢的书。

　　妈妈（爸爸或者亲职人员）与孩子坐在平时孩子读书的地方，拿出买回来的看图说话书。妈妈首先可以帮助孩子认识哪是书的封面，哪是书的前言，哪是书的目录……这些部分分别表示什么。妈妈在孩子3岁左右的时候就在阅读中时不时给孩子讲讲真正的书包括的内容。然后让孩子自己翻开书，翻到一幅图画与妈妈一起看。如翻到一幅名为《小鸡啄小虫》的图画，妈妈可以引导孩子："你看，画面上是什么啊？他们在干什么呢？他们心情怎样？"妈妈这样提示之后，孩子就会回答这些问题，但是妈妈应该继续鼓励孩子将这些答案说连贯一点，妈妈可以帮助补充，如孩子说"母鸡"，妈妈要说母鸡和谁在那里干什么，这样引导之后，孩子就会说出一句完整的话了：母鸡(鸡妈妈)和小鸡来到草地上,他们在草地上啄虫。妈妈要引导孩子进一步看看小鸡："小鸡在妈妈的带领下,高兴吗? 在草地上玩得怎样?"孩子会说："高兴,玩得开心!""说得好,如果你将这些说成一句话就更好了!""试一试!"慢慢引导孩子就可以将这些内容说成一句完整的话。然后妈妈鼓励孩子将开始说的话和这句话一起说出来,这样就可以成为一小段比较连贯的话了。

看图说话可以有很多形式。下面将列出其中的几种：

看图说话——看几幅内容相关图画,然后将几幅画连缀成一个小故事。

观察说话——对一幅图进行观察,看看图上的内容与平常有什么变化,将变化说出来。

选图说话——很多幅图画,要求孩子选择几幅讲一个完整的故事。

排图说话——给的是几幅顺序混乱的图画,要求孩子先将图画排好顺序,然后将画面的内容说出来。

情景说话——一幅图画上呈现的是日常生活的一些情景,要求孩子说出其中一些事物的特点。

拼图说话——父母利用各种几何图形,让孩子自由拼贴成画面,然后将自己拼贴的画面进行说话。

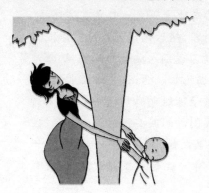

你知道吗

在与孩子阅读的时候,父母可以视孩子的情况选择看图说话的方式。这些看图说话的方式其难易程度是不一样的,在与孩子练习的过程中,父母

要随时观察孩子对这种方式的反应，有的是孩子感兴趣的，而有的可能孩子不太感兴趣。如果孩子对某种方式不感兴趣，就可以另换一种方式进行练习。

○ 读图画，编儿歌

父母要多给这个时期的孩子提供表达的机会，图画和儿歌都是小孩子喜欢的内容，将两者结合起来，孩子会对这种学习方式感兴趣。欣赏图画编写儿歌，不但可以给孩子用语言表达的机会，而且能让他从自己的角度理解图画的内容。

在引导孩子创编儿歌的时候，父母不要要求过高，只要小孩子能够对所看到的事物用较为简单的话语表达出来就可以。有时候，小孩子对一幅画面也许不知从何说起，这时大人可以先说出一句，然后鼓励孩子往下说。如果孩子一时说不出来，也不要着急，父母只要耐心引导孩子，慢慢地他就会说了，有时候你会发现他说得比你好。不要不信，这种情况完全可以发生！

下面就这方面的阅读举例。

选一本小孩子喜欢的图画书，或者一幅卡通画，只要是小孩子感兴趣的都可以，然后与他坐下来一起欣赏这幅画。可以先让小孩子讲讲画面的内容，然后妈妈可以说："你很喜欢儿歌，对吗？平时都是我们学习说别人编好的儿歌，从今天起，妈妈要与你一起学习自己编儿歌。嗯，自己编儿歌，我想这一定是很有趣的事情！"（孩子可能也感到很新奇，会高兴地答应）"看吧，我们来给这幅图画的某些内容编一首儿歌，好吧！"（开始孩子不知道从哪里说起）如有这样一幅画面：一片绿油油的稻田，其中有几只青蛙跳起来捉害虫，不远处有小朋友在田野嬉戏，远处有农民的房屋……这幅图画中，有孩子喜欢的几个画面：一是小朋友的嬉戏，因为小孩子总是喜欢与同伴一起玩的；二是青蛙，因为孩子都喜欢动物。

妈妈可以问："这幅画你看到了什么？"他可能会回答：稻田、青蛙、小朋友……也许还有大人没观察到的东西，如果他看到了你没有看到的东西，你该夸奖他："嗯，你真厉害！你的观察能力真好，这个是妈妈没有看到的！"要知道，这样可以鼓励他对周围的事物留心观察，从而培养他的观察力。

"嗯，那你最喜欢什么呢？"他可能会回答"喜欢青蛙"，你可以继续问他："青蛙怎么叫的？对人类来说，青蛙是好的还是坏的？"上了幼儿园的小朋友都能够回答这些问题的。"那好，我们就给青蛙编一首儿歌，因为青蛙给人类做好事，我们编儿歌赞扬它吧，你说好吗？"孩子一定会爽快地答应，但它却不知怎么说，妈妈开始说第一句"小青蛙，""接下来你说吧……"他不知道怎么说，你可以提醒他"想想，小青蛙怎么叫的，小青蛙在做什么？"只要他能说出几个字，妈妈夸奖他之后稍微改动一下就行了。他可能会说"呱，呱，呱"。对了，放在后面。"农民稻田需要它（妈妈说）。""为什么稻田需要它？""因为它捉害虫啊"（这是孩子可以回答的）。"哦，对了，你说得真好，因为它把害虫抓！那害虫见了它是不是都害怕它呀？"（孩子会做肯定的回答）"好，想想这最后一句怎么说好呢？"（孩子可能会说几种，妈妈可以慢慢引导，慢慢将他说的话进行整理就可以啦！）好了，总算编出了一首儿歌：

小青蛙

小青蛙，

呱，呱，呱，

农民稻田需要它，

害虫见它都害怕。

无论怎样，是孩子自己与妈妈合作创造的一件作品，都是该肯定的。开始的时候要求不能过高，慢慢的，作品的质量

就会提高的。不但如此,孩子的语言能力和表达能力都会随之提高。

○ 看图画,编故事

3~6岁的孩子不只是被动地接受别人编好的故事,在这个时期,他们应该有自己的思想,也有少量的一些生活经验。而且他们的语言水平也有大大的进步,他们该尝试着自己编写故事了。

看图画,编故事不只是谈"看图说话",而是要训练孩子将一幅图画或者几幅图画的内容加上他自己的想像,创编一个完整的故事,然后将这个故事讲给别人听。

下面针对这种阅读举个例子。

妈妈和孩子找一本专门看图编故事的书或者孩子很喜欢的一幅图画,甚至是故事的插图。然后与孩子找个舒适的地方坐下来,与孩子一起来看图画,指导孩子编故事。

首先,妈妈让孩子自己观察几幅画面,看看主要讲的是什么。如以小孩子放风筝的画面举例:"你已经听妈妈讲了很多故事了,那些故事呢,一些是妈妈自己的,有些则是儿童文学作家写的,今天,你自己也来学习编故事,好吗?"孩子对新鲜的事情总是充满好奇并且愿意尝试,他一定会很高兴的。"嗯,你很不错,妈妈也相信你一定会编一个很好听的故事,然后讲给我们听。好了,你看这几幅图画,图画主要画的是什么?"简单一点孩子一看就知道的。他会回答"这个娃娃放风筝"。"哦,你说得对!所以你给这个故事的题目就是……(让她自己说)"。

故事的题目确定之后,你就与孩子一起仔细观察每一幅画面,让孩子说画面的内容,但是你应该帮助他调整语言。如第一幅画面孩子可能会说:这个小朋友拿着风筝。你可以引导他：他拿着风筝到哪里去，去干什么？心情怎样？慢慢引导，他就会将这幅图画用比较流畅的语言描述出来了。

对故事的有些情节，妈妈要让孩子根据他的生活经验发挥自己的想像，不要把自己的想法强加给孩子。如风筝挂在了树上，怎么会挂在树上呢？可能大人要想得很有逻辑，但孩子不管那么多，他甚至会认为是巫婆在作怪。无论他想得多离奇，多古怪，大人都要鼓励他，鼓励他大胆想像。

故事编完了，父母鼓励孩子将故事复述一遍，然后将故事讲给别人听。听的人要认认真真地听，然后要夸奖孩子做得好的，对不太好的地方还可以和孩子一起讨论修改。当然开始的时候，听故事的对象最好选择自己的父母、爷爷奶奶。等孩子将故事讲流畅了，再讲给其他的人听。

○ 读故事，改故事

改写故事对孩子表达能力的培养也有很大的好处，不但如此，还可以培养孩子的思维力、创新能力、想像能力。故事的改写方式较多，如可以改写开头，可以续写结尾，还可以对整个故事加以改动。一般来说，对故事的开头加以改动和对故事的结尾加以续写的方式经常用来训练孩子的表达能力和想像能力。

改写故事，对孩子来说，一方面他们会很乐意对本来就感兴趣的故事加以改写；另一方面一些很有创意的故事会激发孩子的想像力，从而引诱孩子自主地对故事进行大胆地改动和创新。

改写故事的内容可以选择童话故事，也可以选择寓言故事，还可以改写科幻小说等等。如果给孩子阅读的故事种类较多，孩子对故事的改写会产生一些很不错的想法，他们也许会把一个道德故事改写成为一个科幻故事，还可能将一个科幻故事改写成为一个充满神奇色彩

的友情故事。所以要想孩子改写好故事，就要让孩子接触各种主体、各种题材的故事。

妈妈和孩子可以看看这篇《穷人和富人》的童话故事：

很久以前的一个夜晚，上帝到一个富人家去借宿，因为他穿着十分平常的衣服，不像一个有钱人，所以被富人拒绝了。

上帝只好转身走向一座穷人的房子。他刚一敲门，穷人就打开了大门，热情地请他进屋，并拿出仅有的食物招待他。虽然这些不是上等美味，但这毕竟代表着穷人夫妇的一片诚心。

第二天早晨告别时，上帝对穷人夫妇说："善良的人啊，我是上帝。现在我要满足你们三个愿望！"穷人说："哪里有什么愿望，只要我们两个人身体健康，每天都吃饱饭就行了。""难道你们不想要一座大房子吗？""当然想。"穷人回答。于是他的愿望实现了，他们面前出现了一座崭新的大房子。

富人发现穷人的那所破旧的房子在一夜之间变成了一座新房子，觉得非常奇怪。当他得知真相后，立刻骑马去追上帝，希望上帝也能满足他三个愿望。上帝答应了。

富人骑着马返回家中，他一边走一边想提出什么愿望才好。他正在思考时，手里缰绳一松，马就向前跳起来，这使他不能集中精力想问题。富人非常生气，他不耐烦地说："我真希望你扭断脖子死掉！"他刚说完，马就倒在地上死了，而他也被重重地摔在地上，他的第一个愿望实现了。

富人背着马鞍继续走，走得很累很热。他想，妻子在家倒是很清凉。于是他很生气，情不自禁地说："我希望她坐在马鞍上下不来，省得我还要把马鞍扛在肩上。"这话刚一说完，他背上的马鞍就不见了，他的第二个愿望也实现了。

到家以后，富人看见妻子正坐在马鞍上大哭，求他快点帮她下来。没有办法，他只好依她，说出了第三个愿望，当然这个愿望也立刻实现了。

　　这样,富人除了劳累、心烦和失去了一匹马之外,什么也没有得到;而穷人一家却健康、愉快地生活着。

　　这是格林童话中著名的《穷人和富人》,对于经典的童话,一般人认为都没什么好改编的,因为这些童话本身就已经很好了,都经过了时间和岁月的考验的。但是,小孩子是不迷信权威的,他的想像力可以推倒一切,让一切重新开始。

　　如这篇《穷人和富人》,妈妈完全可以大胆地让孩子改编:如穷人和富人都开门接待了上帝,故事该怎样发展呢?(这是对开头的改编)又如上帝答应了富人三个美好的愿望,也让富人实现了三个美好的愿望,后来富人又怎样呢?穷人又怎样呢?(这是对中间情节进行改编,当然,这样会导致故事的结尾也会发生变化)如果富人不服气,上帝再次光临,富人和穷人又有什么不同的表现呢?(这是对故事结尾进行续写)

　　总之,父母不要将自己的想法强加给孩子,也不要用自己传统的道德观念去过多地引导孩子。以前很多作品都隐含着一种道德理念:认为贫穷的人都好像心地善良,富人都是坏蛋。但是,孩子可能不会这么认为。事实上也不一定啊,所以现在有的艺术作品中隐含着"贫穷不是美德"的审美趋向。父母是有必要在阅读中和孩子一起交流的。

你知道吗

　　父母给孩子读故事的注意事项:

　　●故事的题材多样化、主体多样化,因为生活是丰富多彩的,给孩子读的文学作品也应该

是丰富多样的。如社会生活类的、艺术类的、科学幻想类的、健康运动类的、道德品质类的等。特别是科幻故事，父母要让孩子多接触，这样可以从小培养孩子对科学的热爱，培养孩子对科学的探索精神。

● 父母要给 5 岁左右的孩子读一些稍微超过他理解能力的内容。

● 父母给孩子的阅读除了每个年龄段训练的重点外，以前训练的有些项目在下一个阶段还要继续训练。

● 要引导孩子多接受新鲜的事物，了解新闻，甚至是国内外大事也可以让孩子适当了解。有时对有些事件，父母还可以和孩子展开讨论。要允许保留不同意见。

○ 学外语，教会话

如果从 3 岁就开始连续不断地学习一种外语，到 6 岁左右，孩子应该对所学语言的一般口语有了一定的了解。可以就日常生活中的一些话题与大人进行简单的交流。如果孩子的外语已经有一定的基础了，父母在这个阶段就应该对孩子所学的语言转化为生活语言，让孩子能在生活中运用这些语言。父母的任务是将孩子所掌握的语言转化为一个一个的生活话题，便于孩子在日常生活中运用，因为语言最主要的作用之一就是用来交际。

这个任务对于父母来说难度不是很大，实际上也可以借助亲子共读来完成，很多幼儿的外语读物都设计了相应的生活话题。父母可以与孩子一起一边看图一边运用这种语言交谈，然后在生活中遇到相似的情景也可以调动孩子的知识储备而逐步达到对外语的运用自如。

下面是这种阅读的例子(以英语举例)。

妈妈和孩子就英语读物中画面内容用简单的英语进行交谈(不懂英语的父母可以让孩子说英语,自己说汉语)。如到商店购物这样的情景,这是很生活化的情景,在这个情景中有两个主角:一个是营业员,另外一个就是顾客了。妈妈说:"Look at the picture! This boy will go shopping, will he?(看看这幅图画,这个孩子要买东西,是吗?)"孩子会回答:"Er, yes.(嗯,是的)"然后妈妈要求孩子想想营业员会说什么?如果孩子平时在学校或在家训练较好,就会脱口而出:"May I help you?(请问,要买点什么)"妈妈要回答:""Well, I want to get a lucky ball, can you choose one for me ? thank you.(好的,我想买一个幸运球,能帮我选一个吗?谢谢。)第一幅画面的营业员拿出的是一个绿色的幸运球,但画面的孩子却好像不满意。接着看看第二幅画面,第二幅画面营业员拿出的是一个红色的,孩子脸上有笑的表情。就这两幅画面,妈妈和孩子可以商量怎样说。这里只能给出其中的一种说法。

　　孩子继续扮演营业员,妈妈继续扮演买东西的小孩子:

　　孩子说:"Yes, how about this green one?"(好的, 这个绿色的怎么样?)

　　妈妈说:"Er, but I feel red lucky ball is better." (嗯,但是我更喜欢红色的幸运球。)

　　孩子说:"Find again, ha, there is a red one !"(再找找,哈,这里有个红色的。)

　　接下来的画面是男孩给了营业员三元钱。(想想要说些什么话?)

　　妈妈说:"How much?"(多少钱?)

　　孩子说:"Three yuan ."(三元)

　　妈妈说:"here you are , thank you ! "(给,谢谢!)

　　孩子说:"You are welcome, bye-bye!"(不用谢,再见!)

　　妈妈说:"Bye-bye!"(再见!)

在上面的情景中,很多地方妈妈可以根据画面的内容与孩子商量该怎么说,孩子不能说的,妈妈要提示他,适当加以引导。妈妈多与孩子进行这种情景演示,以后孩子在生活中碰见类似的情景就可以调动有关语言与人进行交谈了。

你 知 道 吗

　　幼儿学习外语不应该要求孩子拼写,应该教给孩子的是情景话语,只教孩子学习说就够了。所以通过图片将所学的东西转化成一个一个的情景话题是很重要的学习方式之一。

【三】培养计算能力

　　小孩子学习数学，只要教学得法，可以让你感觉很轻松。如果教学不得法，你会感到很苦闷，孩子也会感到很苦闷。

　　儿子开始学习5以内的加法还是很轻松的，因为一只手的手指头用起来挺方便的。后来10以内的加法也是勉强用一双手的手指头应付过来了。再后来，麻烦就来啦:10以外的加法，光靠他自己的手指头就不够了，每次他要做加法的时候，就要有一个人在他身旁供给他手指头。有时候，他还很不高兴，感到旁边的人没有与他合作好。真是弄得大家哭笑不得。叫他不要做，但是他又偏偏要算。看着他"好学"的样子，大家都不愿意打消他的积极性，但总这样可不是办法。

　　后来我干脆不让其他人教他算加法，完全由我自己来教。我首先教他分解数字，不要忙着去算多少加多少，总是用各种方法让他分解20以内的数字，开始阶段孩子倒没感到什么，我可痛苦极了。因为他已经习惯用手指头，我总是小心翼翼给他另一种方法，还要不露痕迹，这可是要费脑筋的!

　　谢天谢地，经过一段时间的锻炼，他终于甩掉了手指头这根拐杖进而对20以内的加减法算得又快又准啦!

○ 与宝宝分解数字

孩子能数数和点数之后,接下来就要学习加减法,这是很自然的事。有的人却认为孩子学习加减法,那是上学以后的事情,现在讨论为时过早吧。可是孩子是生活在现实生活中的,生活中会接触很多的数学问题,如买东西付钱、称重量、量大小、计算收入,你不让他接受,但他会被动接受。如果他对数学产生了兴趣,我们能不引导吗?另外,只要不是孩子讨厌的东西,他都会乐意接受的,而且经过数学这种思维体操的训练,孩子会变得更加聪明,这样的事,父母是该做的。

孩子如果要学习加减法,除了练习前面所谈到的数数和点数之外,还要学习数手指头,学会数手指头之后,5以内的加法,孩子可以用手指头,但是在运用手指头的时候,就要开始让孩子学习对数字进行分解。下面是例子。

可以给孩子准备一本幼儿数学读物,幼儿数学读物中有很多训练孩子数学思维的练习。当然,学习分解数字还可以为孩子准备一些实物,如花生、核桃、糖果等。

将这些东西准备好之后,与孩子一起坐在桌子旁边或者书桌旁边,把花生(或者其他实物)拿出来。从孩子会做的加法开始,如果孩子会做5以内的加法,就将5以内的数字分解。妈妈对孩子说:"你已经会做5以内的加法了,嗯,很不错,妈妈今天要和你一起玩一个新的游戏。这个游戏的名字叫做给数字分家。你感兴趣吗?""我们来看看,怎么给数字分呢?你数一数这里有几颗花生?(妈妈可以在书桌上摆放4颗花生)"

"哦,一共4颗花生,然后我们来将4颗花生分成两组,看每一组有多少颗花生?"

"可以让这1颗花生成为一组,另外的3颗花生在一起成为一组。你看一下这两组花生合在一起一共是多少颗？数一数吧！"孩子数实物能够加深他对数字的理解。"哦，看到了，4 分成两组的时候可以分成 1 和 3，看看还可以分成几和几呢？""学妈妈刚才一样把 4 分成两组，试试！"孩子有可能很快会将 4 分成 2 和 2。但也有可能孩子根本就不会分，妈妈不要着急，再给孩子示范一次，一次不行，再示范一次，多次示范之后，他自然就学会了。

每次分一个数字就行了，每次分解新数字的时候，要复习前面曾经学习过的。5 以内的数字分解完了，就学习分解 10 以内的，然后再学习分解 20 以内的。数字越大分解的方式越多，学习了分解数字以后，孩子算加法就不会数手指头了。

每次实物分解之后，可以翻开书看看那些数字分解图。如：

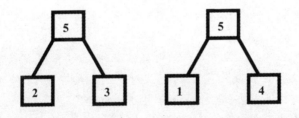

这样的数字分解图对孩子来说有更直观的效果。妈妈每次可以先将这个图形画好，做完数字分解游戏之后让孩子自己填写这个数字分解图（前提是孩子已经学会了数字的书写）。这样做虽然有点麻烦，但是对孩子学习加法是很有好处的。

孩子用实物做数字分解的次数多了之后，妈妈就可以在休息的时候或者玩耍的时候、在街上走路的时候，就可以与孩子一起进行数字分解了。

亲子书房

你知道吗

3～6岁孩子的数学学习，父母需注意：

● 孩子接触一种新的知识，有的孩子可能很快就会了，但有的孩子需要不停地反复练习才能弄懂，面对学得快的孩子父母要及时复习。面对学得慢的孩子父母要有耐心。这两种都是孩子的特点，并不能说明学得快的就一定很好，学得慢的就一定不好。这个父母不要担心。

● 要让孩子多实践，在生活实践中培养数学头脑。

● 有时候也可以给孩子讲一些数学故事，培养他对数学的兴趣。

● 在学习过程中要仔细观察孩子的反映，如果发现孩子对所接触的东西很不感兴趣，父母就别继续在教了，停下来找一找原因，过一段时间以后用另外的方式试一试，总之是不能让孩子有不愉快的体验。

○ 看图画，学数学

看图画可以学习很多的数学知识，如看图数数，看图学习序数，看图学习加法或者减法，看图训练孩子的数学语言，甚至学写数字也可以让孩子先看图观察每个数字像什么，找出每个数字的特点等等。根据小孩子的身心发育的特点，很多数学知识通过观看图画学习更能让孩子对数学产生兴趣。这里介绍看图分类数数和认数字学书写。

实例 1

父母给孩子选择一本书,其中包括有让孩子做分类数数练习的。这种图画要求在一幅图中有一种物体,这种物体按照不同的分类方法可以将其归为不同的类,如一群鸭子,有大的,也有小的;有在水里的,也有在岸上的。看着这幅画面,妈妈可以与孩子一起来数鸭子:"来,我们一起看看这些鸭子,一共有多少只?"让孩子数一数。"哦,你数对了!""那我们现在来看看在岸上的鸭子有多少?"让孩子数一数。"嗯,不错,那你现在再数一数,在岸上的大鸭子有多少只?"又让孩子数一数。就用这样的方法,让孩子数在水里的鸭子有多少只,在水里的小鸭子有多少只。

这样的分类数数让孩子初步地建立数群、集合的概念,也让孩子感受到附加的条件越多,符合这些条件的东西就越少。而且,学习了这种分类数数之后,也可以将这种分类的方法用在日常生活中,如让孩子分类整理自己的玩具:按照经常玩的和很少玩的分类整理;按照制作玩具的材料分类……让孩子自己想一些分类的方法也可以,这样训练孩子的大脑对孩子的发育是很有好处的。

实例 2

孩子刚开始认识数字的时候,要让他对每个数字进行观察,记住数字的特征。所以利用图画将每个数字的特征以图形的方式展现出来,这样更直观、更具体,孩子也很感兴趣,因此很容易记住。

父母在给孩子选择学习数字读物或者卡片的时候要尽量选择生动具体形象的。有的读物上很不形象,很难让孩子将图画中的内容与数字的特征联系起来。图画所表现的内容应该是孩子熟悉的较形象就可以。如果在看图的时候配合着儿歌就更好了。

拿着图片或者读物和孩子坐在一起,"你已经会数数了,但可能你还不认识他们吧？这些数字都是你的老朋友了，今天，我们就开始真正认识他们。""看这个图上是什么，你认识吗？"孩子认识筷子吧，他会回答。"对了，你经常数的1的样子就跟我们的筷子一样，看旁边这个数字就是1。""妈妈还要和你读儿歌，1像筷子作用大。"1可能被孩子很快就消化掉了。看完图，认识了数字1，妈妈就可以握着孩子的手教他写数字，一边写一边念儿歌：1像筷子作用大。

学会了数字1，妈妈接着可以让孩子学习数字2。"你看这是什么，你最喜欢的小动物。"3岁左右的孩子都认识鸭子，他会很快作出回答。"对了，数字2的样子就像鸭子一样。看看，这就是数字2(指着数字2，再指一指鸭子)。像吗？妈妈还要教你一句儿歌，2像鸭子水中划。"妈妈还可以拿出笔握着孩子的手描鸭子，然后再教孩子写数字2。

就这样，每天教孩子认识和学写一个数字。每次在教新的数字之前先复习曾经学过的。这样孩子学了新的知识也不会忘记旧知识，也可以培养孩子学了知识要及时复习的习惯。

下面推荐一个数字儿歌供父母参考：

数字儿歌

1 像筷子作用大，

2 像鸭子水上划，

3 像耳朵会听话，

4 像小旗桌上插，

5 像衣钩阳台挂，

6 像气球倒着走，

7 像锄头墙上挂，

8 像两个脸儿笑哈哈，

9 像气球线儿手中拿，

10 像筷子鸡蛋排排站。

科学技术文献出版社

花园桥

阜城门桥

航天桥

300
374

科学技术文献出版社

西单

新兴桥　　中央电视台　　复兴路

337　　1 57 4

复兴门桥

57
40
52

西便门桥

北京西站

科学技术文献出版社方位示意图

图书在版编目（CIP）数据

亲子书房/谭地洲，张书榕主编. –北京：科学技术文献
出版社，2006.8

（亲子系列）

ISBN 7–5023–5367–4

Ⅰ.亲… Ⅱ.①谭… ②张… Ⅲ.婴幼儿–阅读教学
Ⅳ. G792

中国版本图书馆CIP数据核字（2006）第077553号

出　版　者	科学技术文献出版社
地　　　址	北京市复兴路15号（中央电视台西侧）/100038
图书编务部电话	(010)58882909，(010)58882959（传真）
图书发行部电话	(010)68514009，(010)68514035（传真）
邮购部电话	(010)58882952
网　　　址	http://www.stdph.com
E-mail：stdph@istic.ac.cn	
策　划　编　辑	马永红
责　任　编　辑	马永红
责　任　校　对	赵文珍
责　任　出　版	王杰馨
发　行　者	科学技术文献出版社发行　全国各地新华书店经销
印　刷　者	北京高迪印刷有限公司
版　（印）　次	2006年8月第1版第1次印刷
开　　　本	640×960　16开
字　　　数	187千
印　　　张	14.5
印　　　数	1–6000册
定　　　价	22.00元